Martha Medeiros

A GRAÇA DA COISA

www.lpm.com.br
L&PM POCKET

Coleção **L&PM** POCKET, vol.1388

Texto de acordo com a nova ortografia.

As crônicas deste livro foram originalmente publicadas nos jornais *O Globo* e *Zero Hora.*

Este livro foi publicado em primeira edição pela L&PM Editores, em formato 14x21 cm, em 2013
Primeira edição na Coleção **L&PM** POCKET: junho de 2025
Esta reimpressão: novembro de 2025

Capa: Marco Cena
Revisão: L&PM Editores

CIP-Brasil. Catalogação na Publicação
Sindicato Nacional dos Editores de Livros, RJ

M44g

Medeiros, Martha, 1961-
A graça da coisa / Martha Medeiros. – 1. ed. – Porto Alegre [RS]: L&PM, 2025.
224 p. ; 18 cm. (L&PM POCKET; 1388)

ISBN 978-65-5666-593-1

1. Crônicas brasileiras. I. Título. II. Série.

25-98756.0 CDD: B869.8
CDU: 82-94(81)

Meri Gleice Rodrigues de Souza - Bibliotecária - CRB-7/6439

Rua Comendador Coruja, 314, loja 9 – Floresta – 90.220-180
Porto Alegre – RS – Brasil / Fone: 51.3225.5777

PEDIDOS & DEPTO. COMERCIAL: vendas@lpm.com.br
FALE CONOSCO: info@lpm.com.br
www.lpm.com.br

Impresso no Brasil
Primavera de 2025

A GRAÇA DA COISA

Livros da autora publicados pela **L&PM** EDITORES:

Cartas extraviadas e outros poemas – Poesia
A claridade lá fora – Romance
Coisas da vida – Crônicas
Comigo na livraria – Crônicas
Comigo no cinema – Crônicas
Conversa na sala – Crônicas
Divã – Romance
Doidas e santas – Crônicas
Felicidade crônica – Crônicas
Feliz por nada – Crônicas
Fora de mim – Romance
A graça da coisa – Crônicas
Liberdade crônica – Crônicas
Um lugar na janela – Crônicas de viagem
Um lugar na janela 2 – Crônicas de viagem
Um lugar na janela 3 – Crônicas de viagem
Martha Medeiros: 3 em 1 – Crônicas
Montanha-russa – Crônicas
Noite em claro – Novela
Noite em claro noite adentro – Novela e poesia
Non-stop – Crônicas
Paixão crônica – Crônicas
Poesia reunida – Poesia
Quem diria que viver ia dar nisso – Crônicas
Simples assim – Crônicas
Topless – Crônicas
Trem-bala – Crônicas

Sumário

Barulhos urbanos

Creio que eram seis horas da manhã. Reparei pelas frestas da cortina que o dia estava amanhecendo. O barulho era de tontear, algo de muito grave deveria ter acontecido para um helicóptero ficar parado bem em cima do meu edifício. Pior: ele parecia estar alinhado à minha janela. Aos poucos fui voltando do sono e disse a mim mesma: deve ter acontecido um assalto a banco, estão à procura de fugitivos.

Mas o helicóptero, insistente, não voava para longe, parecia resoluto em não se deslocar. Desisti de voltar a dormir, não conseguiria. Levantei, fui até a sala, abri a porta de correr que dá para a sacada e olhei para o céu. Nada. Então, olhei para baixo e ali estava o helicóptero, estacionado num terreno descampado, ali diante dos meus olhos o helicóptero que não era helicóptero, e sim um equipamento de construção civil ligado na velocidade máxima, um trambolho que fazia um barulho idêntico ao de um helicóptero, e que continuaria a me servir de despertador nas manhãs seguintes.

Se você é morador de uma grande cidade, também deve ter um helicóptero matinal entrando pelos ouvidos, ou uma bateria de escola de samba, ou uma turbina de avião, ou qualquer coisa excessivamente barulhenta que seja oriunda do que se chama obra. Metrópoles estão em constante construção. Aqui onde moro há essa obra bem em frente ao meu prédio, e outra bem ao lado, e duas logo atrás. Silêncio? Estamos em falta.

Não há como reclamar para o bispo. Obras são efeitos colaterais do progresso. E o barulho faz parte do pacote, não se ergue um edifício aos sussurros.

Então, como tenho escritório em casa, trabalho o dia inteiro com essa trilha sonora pouco romântica. Desde a manhã até o final da tarde, escrevo, escrevo, escrevo, e não ouço o toque dos meus dedos sobre o teclado, ele é abafado pelos motores de equipamentos pesados, caminhões despejando cimento, batidas de estacas, uma orquestra em permanente ensaio, e só resta adaptar-me, um dia o edifício onde moro também foi um esqueleto que não foi posto em pé quietinho.

Sou uma escritora de apartamento, digo com o mesmo tom pejorativo que classificamos crianças de apartamento. Deveríamos estar cercados por jardins, margens de rio, praias abertas, mas vivemos confinados entre quatro paredes que de certa forma aleijam a inspiração. Escrever, lógico, me oferece várias oportunidades de fuga. Estou onde estou, fisicamente, mas também não estou: invento meu próprio lago, pátio, horizonte. Até que volto a ser atingida pela consciência do inevitável: não é o barulho do mar que escuto, nem o das folhas caindo nesse final de outono, e sim o de betoneiras, perfuratrizes, compactadores, rolos compressores. De poético, me restou apenas a chuva. Quando chove, a obra para. Quando chove, o helicóptero some. Quando chove, o silêncio me pisca o olho: "Aproveita a trégua e me escuta".

11 de maio de 2011

Dupla falta

O belo texto do mineiro Rubem Alves sobre as diferenças entre o tênis e o frescobol (usadas como metáforas para o casamento) é tão conhecido que não seria absurdo supor que foi nele que a americana Lionel Shriver se inspirou para escrever seu recente lançamento, *Dupla falta*. Se não foi, é um caso de feliz coincidência, ainda que de feliz sua obra não tenha nada.

A história do livro é razoavelmente simples: o encontro amoroso de uma tenista obstinada em subir posições no ranking com um tenista de talento mediano que vê o tênis apenas como um hobby. Ambos se apaixonam, casam e a partir daí o leitor se torna espectador de um texto que funciona como um jogo de final de campeonato, com cenas de alta tensão e competitividade extrema. E, como todos sabem, tensão e competitividade combinam com amor tanto quanto cacos de vidro combinam com bebês.

Vibrar com o acerto do outro e pedir desculpas quando se erra: eis uma "relação frescobol", em que o que interessa é manter a bola em jogo, com ambos se sentindo vencedores pelo simples fato de manterem o entendimento e a sincronia até o término da partida.

Não é o que se vê no livro.

Willy foi uma menina que aos cinco anos decidiu que seria a melhor tenista do planeta, e não fez outra coisa na vida a não ser lutar pelo seu lugar no pódio. Eric, por sua vez, cresceu fazendo de tudo um pouco, e quando resolveu se aventurar no tênis, acabou naturalmente conquistando posições que a esposa sempre almejou. Logo ele, que nunca quis nada com as raquetes. Quem esse diletante pensa que é para realizar um sonho que nunca foi dele, e sim dela?

O livro escancara traumas de infância, obsessões delirantes e a deterioração que o fracasso pode provocar em alguém que se leva a sério demais. Willy não tem um marido, e sim um adversário. E um adversário muito superior, não por ser melhor tenista que ela – não é – mas por dominar as regras do jogo da vida, que Willy nunca aprendeu.

A autora Lionel Shriver, que já tinha deixado o mundo literário de queixo caído com seu implacável *Precisamos falar sobre o Kevin*, mais uma vez desnuda a perversidade escondida onde menos se espera: dentro das relações mais íntimas e nobres. Os diálogos do livro são voleios ferozes, brutais. De certa forma, traduzem a sociedade atual, que exalta o sucesso como a única alternativa de existência, deixando todas as demais no limbo. Na impossibilidade de lutarmos contra nossas fraquezas, resta-nos a baixeza maior: se alegrar com a derrota alheia.

24 de julho de 2011

Amputações

Quando o filme *127 horas* estreou no cinema, resisti à tentação de assisti-lo. Achei que a cena da amputação do braço, filmada com extremo realismo, não faria bem para meu estômago. Mas agora que saiu em DVD, corri para a locadora. Em casa eu estaria livre de dar vexame. Quando a famosa cena iniciasse, bastaria dar um passeio até à cozinha, tomar um copo d'água, conferir as mensagens no celular, e então voltar para a frente da tevê quando a desgraceira estivesse consumada. Foi o que fiz.

O corte, o tão famigerado corte, no entanto, faz parte da solução, não do problema. São cinco minutos de racionalidade, bravura e dor extrema, mas é também um ato de libertação, a verdadeira parte feliz do filme, ainda que tenhamos dificuldade de aceitar que a felicidade pode ser dolorosa. É muito improvável que o que aconteceu com o Aron Ralston da vida real (interpretado no filme por James Franco) aconteça conosco também, e daquele jeito. Mas, metaforicamente, alguns homens e mulheres conhecem a experiência de ficar com um pedaço de si aprisionado, imóvel, apodrecendo, impedindo a continuidade da vida. Muitos tiveram a sua grande rocha para mover, e não conseguindo movê-la, foram obrigados a uma amputação dramática, porém necessária.

Sim, estamos falando de amores paralisantes, mas também de profissões que não deram retorno, de laços familiares que tivemos de romper, de raízes que resolvemos abandonar, cidades que deixamos. De tudo que é nosso, mas que teve que deixar de ser, na marra, em troca da nossa sobrevivência emocional. E física, também, já que insatisfação é algo que debilita.

Depois que vi o filme, passei a olhar para pessoas desconhecidas me perguntando: qual será a parte que lhes falta? Não o "pedaço de mim" da música de Chico Buarque, aquela do filho que já partiu, mutilação mais arrasadora que há, mas as mutilações escolhidas, o toco de braço que tiveram que deixar para trás a fim de começarem uma nova vida. Se eu juntasse alguns transeuntes, aleatoriamente, duvido que encontrasse um que afirmasse: cheguei até aqui sem nenhuma amputação autoprovocada. Será? Talvez seja um sortudo. Mas é mais provável que tenha faltado coragem.

Às vezes o músculo está estendido, espichado, no limite: há um único nervo que nos mantém presos a algo que não nos serve mais, porém ainda nos pertence. Fazer o talho machuca. Dói de dar vertigem, de fazer desmaiar. E dói mais ainda porque se sabe que é irreversível. A partir dali, a vida recomeçará com uma ausência.

Mas é isso ou morrer aprisionado por uma pedra que não vai se mover sozinha. O tempo não vai mudar a situação. Ninguém vai aparecer para salvá-lo.

127 horas, 2.300 horas, 6.450 horas, 22.500 horas que se transformam em anos.

Cada um tem um cânion pelo qual se sente atraído. Não raro, é o mesmo cânion do qual é preciso escapar.

31 de julho de 2011

A ARTE DA MANUTENÇÃO

Bem que eu gostaria de dizer que essa crônica foi inspirada em *Zen e a arte da manutenção de motocicletas*, livro de Robert M. Pirsig que, encantada, comecei a ler aos 24 anos e que nunca terminei. Estava adorando e, de repente, cadê o livro? Emprestei, me roubaram ou esqueci no ônibus. Só sei que o perdi. Um dia retomarei essa leitura, não de onde parei, óbvio, e sim desde o início, já que minha memória não dá para mais nada.

Então, como ia dizendo, não me inspirei neste clássico da filosofia moderna, o que me conferiria certo charme, e sim em fuleiras notinhas de rodapé que se repetem sem que ninguém dê a mínima: cinco feridos em carrinho de montanha-russa, casal despenca da roda-gigante, adolescente atingida por um brinquedo que se desprendeu. Os parques de diversões não estão para brincadeira.

A responsabilidade é de quem? De quem deveria zelar pela manutenção, mas ninguém está nem aí. Inaugura-se o parque, o tempo passa, tudo enferruja, o equipamento corrói e salve-se quem puder.

Não resisto à tentação de comparar. Você me conhece. Vou comparar. É ou não é o retrato da maioria das relações?

No começo, tudo parque de diversão. Frio na barriga, vertigem, gritinhos. Depois, acostuma-se, o medo passa, a excitação também. Ninguém mais vê graça na coisa, mas sabe como é, acostumamos, vira hábito, todo sábado à tarde, toda quarta à noite, os amigos estimulam, vamos lá, vamos lá, até que um se esborracha no chão.

Entre dolorido, surpreso e indignado, a vítima se pergunta: o que é que aconteceu? Os responsáveis pelo parque não zelaram pela segurança, apenas isso, e como alertei, não estou falando apenas de parques, mas também de casamentos, paixões, amizades, o prazer maior da vida. Era para ser divertido para sempre, empolgante para sempre, inspirador para sempre, mas a maioria acredita que a longevidade dos amores é atribuição do destino, ele é que tem que tomar conta.

Nenhum encantamento se mantém sem uma boa supervisão. Não basta dar corda e depois cruzar os braços. Não dá pra apertar o botão e depois sair para tomar um lanche. Não se pode confiar na sorte. A engrenagem não se autolubrifica sozinha, os movimentos não se renovam no automático e o tempo não faz mágica. Diversão, como tudo na vida, também exige cuidado.

Mas quem é que tem paciência para o zelo, de onde tirar disposição para renovar o suspiro mil vezes reprisado? Começa maravilhoso, depois fica legal, aí legalzinho, até o "larguei de mão, cansei".

Manutenção. Talvez eu tenha extraído aqui, por resquícios indeléveis da memória, alguns substratos do emblemático livro de Robert M. Pirsig, mas o assunto ainda é parque de diversões (os reais e os metafóricos), e o perigo que os ronda quando decaem.

17 de agosto de 2011

Interativos demais

Antigamente, os escritores eram admirados apenas pelo que publicavam em livros e revistas. Quando algum leitor gostava muito do que havia lido e queria compartilhar com alguém, dava o livro de presente ou emprestava o seu. O conteúdo mantinha-se preservado, assim como seu autor. Ninguém divulgava um texto de Somerset Maugham como sendo de Virginia Woolf, ninguém infiltrava parágrafos do Rubem Braga num texto do Sartre, ninguém criava novos finais para os poemas de Cecília Meireles. O escritor e sua obra eram respeitados, e os leitores podiam confiar no que estavam consumindo.

Além disso, artistas de cinema, músicos e esportistas eram mitos cuja intimidade não se tinha acesso. Marilyn Monroe, Frank Sinatra e Ayrton Senna entregavam ao público o que prometiam – sua arte – e o resto era especulação. Mais tarde pipocavam biografias, saciando a curiosidade do público, mas o legado desses ícones manteve-se para sempre incorruptível: eram os donos legítimos de sua imagem, de sua voz e de suas palavras.

Era uma época em que aceitávamos pacificamente nossa condição de plateia, até que se inventou o conceito de interatividade e as ferramentas para exercê-la. Por um lado, a sociedade se democratizou, todos passaram a ser ouvidos, diminuiu a distância entre patrões e empregados, produtores e consumidores: as relações ficaram mais funcionais.

Mas o uso dessas ferramentas acabou involuindo para a maledicência e a promiscuidade virtual. Hoje ninguém consegue mais ter controle sobre sua imagem ou seu trabalho. Um ator de televisão diz oi para uma amiga na rua e na manhã seguinte correm notícias de que estão de casamento marcado. Uma cantora cancela um show porque está afônica e logo surge o boato de que tentou suicídio. Um escritor publica um texto no jornal e três segundos depois o mesmo texto está na internet, atribuído a Toulouse-Lautrec, que nem escritor foi.

E no mundano da vida acontece algo similar. Fofocas se disseminam no Facebook, vídeos íntimos são divulgados no Youtube, fotos de modelos vão parar em catálogos de prostituição e a credibilidade foi para o beleléu. Ninguém mais confia totalmente no que vê ou lê e isso pouco importa. Informações são inventadas, adulteradas, inexatas porque, por trás das telas dos computadores, há muita gente querendo ter seu dia de autor, mesmo que autor de uma mentira.

Sinto nostalgia pelo tempo em que éramos seduzidos de frente, não pelas costas. Não se sabia toda a verdade sobre nossos ídolos, mas o mistério era justamente a melhor parte. Sentíamo-nos honrados por sermos receptores apenas do que eles tinham de melhor, o seu talento. Hoje não só engolimos qualquer factoide, qualquer manipulação, como também a produzimos. A invencionice suplantou a arte.

28 de agosto de 2011

Ser feliz ou ser livre

Dizem que ainda vai chover muito no sul e fazer frio até outubro. Meleca. O jeito é se conformar tendo um bom livro nas mãos, como o delicioso *Casados com Paris*, de Paula McLain, que narra, numa biografia romanceada, como foi o primeiro casamento de Ernest Hemingway. Ele tinha 21 anos e sonhava em ser um escritor famoso quando conheceu Hadley Richardson, de 28, que só desejava viver um grande amor. Eram os efervescentes anos 20, pós-Primeira Guerra. Ambos viviam sonorizados pelo jazz, tendo como amigos Gertrude Stein e o casal Fitzgerald, e driblavam a Lei Seca com litros de uísque, vinho e absinto. O espírito é parecido com o do filme *Meia-noite em Paris*, de Woody Allen, mas o livro vai bem mais fundo no registro de época. Uma prosa escrita em tom de pileque, com direito a uma ressaca braba no final.

Hemingway era, ele próprio, um personagem fascinante: trazia à tona as contradições mais secretas do ser humano. Sensível e rude ao mesmo tempo, demonstrava ser um homem com múltiplos talentos, menos o de se adaptar a uma felicidade de butique. Corria o mundo atrás de seus sonhos e, não os encontrando, empacotava suas coisas e voltava ao ponto de origem, até que a próxima aventura o chamasse. Amava os amigos, a bebida, o sexo oposto, a literatura e as touradas, não necessariamente nessa ordem: aliás, sem ordem alguma. Ele próprio era um animal belo, viril e destemido diante de uma arena perplexa. Havia sobrevivido a uma guerra que tentara lhe roubar a alma. Aprendera a se defender mesmo quando não era atacado.

Hadley acompanhava esse ritmo entre encantada e assustada. Não era fácil ser mulher de um homem que vivia aumentando as apostas: sentir mais, arriscar mais. Não fosse assim, seria a morte por indignidade, como ele definia a resignação. Ou seja, sua primeira esposa viveu no melhor dos mundos e no pior, quase simultaneamente.

O livro é narrado por ela, Hadley. É comovente ver sua luta interna para manter um casamento razoavelmente dentro dos padrões sem com isso podar o homem para o qual a felicidade não era um valor absoluto, mas a liberdade, sim. Hemingway nunca teve dúvida de que ser livre era bem mais necessário e menos complicado do que ser feliz.

Fácil para quem vivencia essa liberdade, difícil para quem tem que engoli-la. Hadley era tão encantadora e especial quanto Hemingway, ainda que sob outro ponto de vista. E é esse embate emocional que o livro narra de forma adorável e ao mesmo tempo angustiante: um homem que luta para não entregar sua alma em nome das conveniências, e uma mulher que também não abre mão da sua, apesar das perdas que vier a sofrer.

Quem ganha é o leitor.

31 de agosto de 2011

Tempos de amnésia obrigatória

Com diferença de poucos dias, uma amiga carioca e um leitor gaúcho me enviaram vídeos protagonizados pelo escritor uruguaio Eduardo Galeano. Em um, ele dá uma entrevista e, no outro, lê os próprios textos. Ambos os programas estão acessíveis pelo Youtube. Respeito as coincidências: como é que eu ainda não havia me dedicado a esse grande pensador humanista?

Num dos vídeos, Galeano aparece lendo seu texto "El derecho al delirio", onde descreve como seria um mundo ideal, e aproveita para homenagear aqueles que insistem em não esquecer a própria história (a exemplo das mães da Plaza de Mayo) nesses tempos de amnésia obrigatória.

A partir daí não ouvi mais nada, pois considerei marcante essa expressão: tempos de amnésia obrigatória. O assunto mereceria um tratado. Amnésia. É o que explica tanta neurose e tanta infelicidade. A gente procura esquecer para poder ir adiante, mas que espécie de caminho trilhamos quando não enfrentamos a verdade?

Esquecer é uma estratégia de sobrevivência. Somos todos uns esquecidos crônicos. Pra começar, esquecemos de alguns descuidos que sofremos na infância, pois fomos educados para considerar pai e mãe infalíveis. Dessa forma, nossas dores internas acabam ganhando o apelido de fricotes, só que esses fricotes viram traumas, e esses traumas minam nossa confiança na vida e sustentam os consultórios psiquiátricos, já que esquecer é uma forma de impedir a compreensão absoluta de nós mesmos, e alguém precisa nos ajudar a lembrar para nos libertarmos.

Esquecemos os desaforos que tivemos que engolir durante um casamento ou namoro, tudo porque nos ensinaram que o amor deve ser forte o suficiente para aguentar os reveses da convivência, e também por medo da solidão, que tem péssimo cartaz. Então, para nos enquadramos e nos sentirmos amados e estoicos, esquecemos as mentiras, as traições, os maus-tratos, as indiferenças e mantemos algo que ainda parece uma relação, mas que deixou de ser no momento em que enfiamos a cabeça dentro do buraco.

Esquecemos em quem votamos, céticos de que em política nada muda, e em vez de investirmos nossa energia em manifestações de repúdio à corrupção, deixamos pra lá e seguimos em frente conformados com a roubalheira, desmemoriados sobre nossos direitos.

E esquecemos, principalmente, de quem somos. Dos nossos ideais, das nossas vontades, dos nossos sonhos, das nossas crenças, tudo em prol de uma adaptação ao meio, de uma preguiça em desfazer o combinado e buscar uma saída alternativa, de uma covardia que gruda na alma e congela os movimentos. Esquecer de nós mesmos é assinar um contrato com a resignação.

Obrigada, Galeano, por nos lembrar que a amnésia é uma opção, não é obrigatória.

04 de setembro de 2011

Eu não passarinho

Convencionou-se que pessoas de boa índole gostam de natureza. Bom, eu gosto muito de natureza, ainda que não seja a candidata ideal para me exilar num sítio ou numa praia deserta por um tempo que exceda o período de férias. Além disso, tenho uma relação pouco amistosa com passarinhos, logo com eles, os representantes oficiais da vida ao ar livre. Se o quesito for esse, não sei se minha índole poderá ser bem avaliada.

Quando criança, os contos de fada tentaram me convencer da prestatividade dos passarinhos. Quando a Gata Borralheira resolveu que iria ao baile no castelo do príncipe mesmo sem ter um trapo decente para vestir, foram os passarinhos que a ajudaram a se transformar numa Cinderela, providenciando tecidos coloridos e customizando as peças. Eles praticamente inventaram a profissão de personal stylist.

No desenho da Branca de Neve, foram ainda mais prestigiosos. Conduziram a mocinha, perdida na floresta, até a casa dos anões, que ela jamais encontraria sem um GPS. E, depois, quando a bruxa malvada a envenenou com a maçã, foram eles que correram até a mina e alertaram os anões para o que estava acontecendo. Twitter pra quê?

Enquanto escrevo essa crônica, às 9 horas, escuto pássaros. É encantador, se levarmos em conta que estou instalada no décimo andar de um prédio num bairro movimentado da cidade. Como a rua é arborizada e há um parque quase em frente, a passarinhada está garantida. Só que eles não começaram a cantar agora. Estão cantando desde cedo. Bem cedo. Desde as quatro da manhã, para ser exata. Eu adoraria acordar com o canto dos pássaros às quatro da manhã se tivesse que levantar para ordenhar vacas, cortar lenha e assar o pão em minha casinha romântica instalada no cenário idílico do campo, mas não levo uma vida romântica: me deixem dormir.

Também não preciso levantar às quatro da manhã para preparar o almoço das crianças e então pegar três ônibus para chegar ao trabalho. Tivesse a vida sacrificada que tantos têm, acordar com os passarinhos seria menos aflitivo do que acordar com um estridente despertador. Mas não levo essa vida sofrida, o horário que devo sair da cama é exatamente 06h50. Só que abro os olhos bem antes disso. Muito antes. Por obra e graça você sabe de quem.

A primavera está chegando e isso é uma notícia alvissareira depois de um inverno tão castigante. É o momento de recepcionar com alegria os inofensivos e belos cantantes matinais, que tanta poesia conferem ao nosso cotidiano. Pena que eu não seja assim tão nobre. Só gosto de passarinho em estampas, selos, quadros e fotos (mentira, mentira, nem isso, só estou querendo angariar sua simpatia). Índole? Nota 7.

14 de setembro de 2011

Medo de errar

"A gente é a soma das nossas decisões."

É uma frase da qual sempre gostei, mas lembrei dela outro dia num local inusitado: dentro do súper. Comprar maionese, band-aid e iogurte, por exemplo, hoje requer o que se chama por aí de expertise. Tem maionese tradicional, light, premium, com leite, com ômega-3, com limão. Band-aid, há de todos os formatos e tamanhos, nas versões transparente, extratransparente, colorido, temático, flexível. Absorvente com aba e sem aba, com perfume e sem perfume, cobertura seca ou suave. Creme dental contra o amarelamento, contra o tártaro, contra o mau hálito, contra a cárie, contra as bactérias. É o melhor dos mundos: aumentou a diversificação. E, com ela, o medo de errar.

Assim como antes era mais fácil fazer compras, também era mais fácil viver. Para ser feliz, bastava estudar (Magistério para as moças), fazer uma faculdade (Medicina, Engenharia ou Direito para os rapazes), casar (com o sexo oposto), ter filhos (no mínimo dois) e manter a família estruturada até o fim dos dias. Era a maionese tradicional.

Hoje existem várias "marcas" de felicidade. Casar, não casar, juntar, ficar, separar. Homem e mulher, homem com homem, mulher com mulher. Ter filhos biológicos, adotar, inseminação artificial, barriga de aluguel – ou simplesmente não os ter. Fazer intercâmbio, abrir o próprio negócio, tentar um concurso público, entrar para a faculdade. Mas estudar o quê? Só de cursos técnicos, profissionalizantes e universitários há centenas. Computação Gráfica ou Informática Biomédica? Editoração ou Ciências Moleculares? Moda, Geofísica ou Engenharia de Petróleo?

A vida padronizada podia ser menos estimulante, mas oferecia mais segurança, era fácil "acertar" e se sentir um adulto. Já a expansão de ofertas tornou tudo mais empolgante, só que incentivou a infantilização: sem saber ao certo o que é melhor para si, surgiu o pânico de crescer.

Hoje, todos parecem ter 10 anos menos. Quem tem 17, age como se tivesse sete. Quem tem 28, parece 18. Quem tem 39, vive como se fossem 29. Quem tem 40, 50, 60, mesma coisa. Por um lado, é ótimo ter um espírito jovial e a aparência idem, mas até quando se pode adiar a maturidade?

Só nos tornamos adultos quando perdemos o medo de errar. Não somos apenas a soma das nossas escolhas, mas também das nossas renúncias. Crescer é tomar decisões e depois conviver em paz com a dúvida. Adolescentes prorrogam suas escolhas porque querem ter certeza absoluta – errar lhes parece a morte. Adultos sabem que nunca terão certeza absoluta de nada, e sabem também que só a morte física é definitiva. Já "morreram" diante de fracassos e frustrações, e voltaram pra vida. Ao entender que é normal morrer várias vezes numa única existência, perdemos o medo – e finalmente crescemos.

25 de setembro de 2011

Carla Bruni e o rock'n'roll

Carla Bruni, ex-top model, cantora, compositora e atual primeira dama da França, declarou em entrevista que seu casamento com o presidente Nicolas Sarkozy foi muito rock'n'roll, usando uma expressão pouco usual para definir um relacionamento. Geralmente as relações amorosas estão mais para tango argentino.

A comparação com o rock veio do fato de ela, que sempre teve uma vida agitada, independente e fora dos padrões, ter se atrevido a um envolvimento formal com um chefe de Estado, cuja convivência exige o cumprimento de protocolos bem convencionais. E a recíproca é verdadeira, pois não são muitos os mandatários de uma nação que se divorciam e depois casam com uma artista que já é mãe e que tem no currículo namorados como Eric Clapton e Mick Jagger. Às favas com o bom-mocismo: o casal bancou o arranjo inusitado e parece levar muito bem sua relação.

O conceito "rock'n'roll", ao menos da forma como foi utilizado por Carla Bruni, nada tem a ver com noitadas, bebedeiras e drogas. Diz ela que sua rotina com o marido é bastante tranquila e discreta, e o que a fez se apaixonar por Sarkozy foi a descoberta de que ele, um dos homens mais poderosos do mundo, era um dedicado amante da jardinagem. Como se explica esse bolero em lugar do heavy metal?

Por muito tempo, o rock sobreviveu de sua má fama. O músico Frank Zappa certa vez disse que um repórter de rock é um jornalista que não sabe escrever, entrevistando gente que não sabe falar, para pessoas que não sabem ler. Ajudou a colocar uma laje sobre qualquer sofisticação que o rock viesse a almejar – ainda bem que o rock nunca teve essa pretensão, mas teve outras e parece que as realizou.

O rock'n'roll deixou de ser apenas um gênero de música. Dizer que ele simboliza atitude virou um clichê intragável, mas foi o que Carla Bruni tentou exprimir com sua declaração, só que sob um enfoque ampliado. A rebeldia do rock nada mais tem a ver com cortes de cabelo, modos de vestir ou hábitos ilícitos, e sim com o que lhe amparou os primeiros passos, lá atrás, nos tempos de Chuck Berry e Elvis Presley: a liberdade de fazer o que se quer, a despeito do que os outros vão pensar. Criar música não só para alma, mas para o corpo. Provocar reações físicas, despertar os ânimos, desafiar o silêncio. Acordar.

Não é preciso guitarras para fazer barulho. As pessoas mais roqueiras que conheço são apreciadoras de jazz, bossa nova e música clássica. Um casamento rock'n'roll nada mais é do que um compromisso entre um homem e uma mulher com facilidade em aceitar mudanças, coragem para sair das zonas de conforto, capacidade de surpreender e autoconfiança para ser quem verdadeiramente são, estejam no palco que estiverem. É por isso que o rock, até então um substantivo que designava um estilo musical, expandiu-se. Analisado como postura de vida, foi promovido a adjetivo.

02 de outubro de 2011

Quando menos se espera

Quando alguém se queixa de que não encontra sua cara-metade, que procura, procura, procura e nada, os amigos logo lembram o queixoso de que o amor só é encontrado ao acaso. Justamente no dia que você vai à padaria todo esculhambado, poderá esbarrar na mulher da sua vida. E naquela noite em que você sai do apartamento de pantufas para ir até a garagem do prédio desligar a droga do alarme do carro que disparou, o Cupido poderá atacar, fazendo com que o príncipe dos sonhos divida com você o elevador. Não acredita? Eu acredito. Nas vezes em que saí de casa preparada para a guerra, voltei de mãos vazias. Todos os meus namoros começaram quando eu estava completamente distraída. Mas não vale se fingir de distraída, tem que estar realmente com a cabeça na lua. Aí, acontece. O amor adora se fazer de difícil.

Pois foi meio assim que aconteceu com a universitária que foi parada numa blitz semana passada. Ela se recusou a fazer o teste do bafômetro, então teve a carteira recolhida e prestou algumas informações. Voltou para casa e pouco tempo depois recebeu um torpedo de um dos agentes perguntando se ela estava no Facebook, pois ele gostaria de conhecê-la melhor.

Vibro com essas conspirações do destino, que fazem com que duas pessoas que estavam absolutamente despreparadas para um encontro amoroso (um trabalhando na madrugada, outra voltando de uma festa) se encontrem de forma inusitada e a partir daí comece um novo capítulo da história de cada um. Claro, levando-se em conta que ambos tenham simpatizado um com o outro, que a atração tenha sido recíproca.

Não foi o caso. A universitária não se agradou do rapaz. Acontece muito. O Cupido passa trabalho, não é fácil combinar os pares. Nesses casos, todo mundo sabe o que fazer: basta não responder o torpedo, ou responder amavelmente dizendo que não está interessada, ou mandar um chega pra lá mais incisivo, desestimulando uma segunda tentativa.

A universitária desprezou essas três opções de dispensa. Inventou uma quarta maneira para liquidar o assunto: deu queixa do rapaz aos órgãos competentes. Dedurou o cara. Não perdoou que uma informação confidencial (o número do seu celular) houvesse sido utilizado indevidamente por um servidor público.

É duro viver num mundo sem humor. Uma cantada, uma reles cantada. Se fosse num bar, seria óbvia. Tendo sido após uma blitz, foi incomum. No mínimo, poderia ter arrancado um sorriso do rosto da garota que deveria estar pê da vida por ter a carteira apreendida. Depois de um fim de noite aborrecido, ela teve a chance de achar graça de alguma coisa, mas se enfezou ainda mais. No próximo sábado, é provável que esteja de novo na balada, cercada de outras meninas e meninos, a maioria se queixando de que o amor não dá mole.

19 de outubro de 2011

Nadir, Eurípedes e Yuri

Quando acontece de eu receber um e-mail sem ter certeza se quem assina é homem ou mulher, geralmente descubro uma pista dentro da mensagem mesmo. Ou a pessoa diz "sou *sua* fã" ou termina enviando "um abraço *do...*". O Nadir poderia ter feito isso, assinado "Um abraço do Nadir", e eu não teria passado a vergonha de ter mandado uma resposta iniciando com "Querida Nadir".

O Nadir, meu leitor, ficou bravo comigo. Disse que eu deveria saber que Nadir é um nome árabe masculino. Desculpe, Nadir. Mas é que há muitas Nadir também. Anos atrás, quando a Luiza Brunet pensou em se dedicar à carreira de atriz, ela fez um personagem de novela que se chamava Nadir. Tem coisa mais inquestionavelmente mulher do que a Luiza Brunet?

As Nadir e os Nadir talvez passem por esse tipo de engano com alguma frequência quando o contato não é visual. Por telefone, onde não raro confundimos voz de mulher e de homem, deve ser uma bola fora atrás da outra. Na hora de preencher cadastro, também. Como assim, Nadir, 1m89, 97 quilos, treinador de jiu-jitsu e casado com a Leila? Mas, ora, quem garante que uma Nadir não possa ser alta, forte e casada com uma moça? Ah, os tempos modernos. De qualquer forma, os pais, ao registrarem seus filhos, poderiam ser mais facilitadores.

Eurípedes concorda. A dona Eurípedes. Ela conta que seus três filhos já ouviram muita piada por terem como pais Roberto e Eurípedes. E a Donizete fica furiosa quando não reconhecem seu nome como sendo de mulher. Diz que a família das "etes" não deixa dúvida: Elizabete, Claudete, Bernadete, Janete. Pelo visto ela nunca ouviu falar daquele jogador que chegou à seleção e foi campeão brasileiro pelo Botafogo.

A Yuri, que é cabeleireira, também não gosta de dar explicação, mas se conformou. Sabe que existiu um Yuri Gagarin que foi mais famoso que ela. As Yuri passaram a ser confundidas com os rapazes.

Nomes estrangeiros, uma sinuca. Kim Novak, Kim Basinger, Kim Kardashian: várias gerações de Kim glamourosas, e aí surge o belo Kim Riccelli pra mostrar que é tão Kim quanto. Se for nome francês, então. Pergunte a um Renê ou a uma Etienne. Ou a uma Renê e a um Etienne.

Sasha, todos sabem, é filha da Xuxa, e não filho, mesmo com um nome russo masculino. E admito, envergonhada, que a primeira vez que ouvi falar de George Sand, nome expressivo da literatura francesa do século XIX, nem me passou pela cabeça que pudesse ser mulher. Chamava-se na verdade Amandine Aurore, mas passou a assinar seus livros como George Sand e assim ficou eternizada. O escritor moçambicano Mia Couto já recebeu vestidos e brincos de presente por conta do mesmo equívoco.

Do que se conclui que assinar e-mail com *Abraço, Nadir* é provocação. Por favor: do Nadir, da Nadir. E assim seremos todos felizes.

23 de outubro de 2011

SUSTENTO FEMININO

Estive participando de um seminário sobre comportamento, onde foi dito que as mulheres estão de tal forma cansadas de suas múltiplas tarefas e do esforço para manter a independência que começam a ratear: andam sonhando de novo com um provedor, um homem que as sustente financeiramente. Não acreditei. Outro dia discuti com uma amiga porque duvidei quando ela disse estar percebendo a mesma coisa, que as mulheres estão selecionando seus parceiros pelo poder aquisitivo – não só as maduras e pragmáticas, mas também as adolescentes, que ainda deveriam cultivar algum romantismo.

Então é verdade? Pois me parece um retrocesso. A independência nos torna disponíveis para viver a vida da forma que quisermos, sem precisar "negociar" nossa felicidade com ninguém. São poucos os casos em que se pode ser independente sem ter a própria fonte de renda (que não precisa obrigatoriamente ser igual ou superior à do marido). Não é nenhum pecado o homem pagar uma viagem, dar presentes, segurar as pontas em despesas maiores, caso ele ganhe mais – é distribuição de renda. Mas se é ela que ganha mais, a madame também pode assumir o posto de provedora sênior, até que as coisas se equalizem. Parceria é uma relação bilateral. É importante que ambos sejam autossuficientes para que não haja distorções sobre o que significa "amor" com aspas e amor sem aspas.

As mulheres precisam muito dos homens, mas por razões mais profundas. Estamos realmente com sobrecarga de funções – pressão autoimposta, diga-se –, o que faz com que percamos nossa conexão com a feminilidade: para ser mulher não basta usar saia e pintar as unhas, essa é a parte fácil. A questão é ancestral: temos, sim, necessidade de um olhar protetor e amoroso, de um parceiro que nos deseje por nossa delicadeza, nossa sensualidade, nosso mistério. O homem nos confirma como mulher, e nós a eles. Essa é a verdadeira troca, que está difícil de acontecer porque viramos generais da banda sem direito a vacilações, e eles, assustados com essa senhora que fala grosso, acabam por se infantilizar ainda mais.

Podemos ser independentes e ternas, independentes e carinhosas, independentes e fêmeas – não há contradição. Estamos mais solitárias porque queremos ter a última palavra em tudo, ser nota 10 em tudo, a superpoderosa que não delega, não ouve ninguém e que está ficando biruta sem perceber.

Garotas, não desistam da sua independência. Façam o que estiver ao seu alcance, seja através do trabalho ou do estudo, em busca de realização e amor-próprio. Escolher parceiros pelo saldo bancário é triste e antigo, os tempos são outros. É plausível que se procure alguém com o mesmo nível intelectual e social, com um projeto de vida parecido e com potencial de crescimento – mas para crescerem juntos, não para garantir um tutor.

A solidão, como contingência da vida, não é trágica, podemos dar conta de nós mesmas. Mas, ainda que eu pareça obsoleta, ainda acredito que se sentir amada é o que nos sustenta de fato.

28 de outubro de 2011

O DONO DO LIVRO

Escutei outro dia um fato engraçado contado pelo escritor moçambicano Mia Couto. Ele disse que certa vez chegou em casa no fim do dia, já havia anoitecido, quando um garoto humilde de 16 anos o esperava sentado no muro. O garoto estava com um dos braços para trás, o que perturbou o escritor, que imaginou que pudesse ser assaltado. Mas logo o menino mostrou o que tinha em mãos: um livro do próprio Mia Couto. "Esse livro é seu?", perguntou o menino. "Sim", respondeu o escritor. "Vim devolver." O garoto explicou que horas antes estava na rua quando viu uma moça com aquele livro nas mãos, cuja capa trazia a foto do autor. O garoto reconheceu Mia Couto pelas fotos que já havia visto em jornais. Então perguntou para a moça: "Esse livro é do Mia Couto?". Ela respondeu: "É". E o garoto mais que ligeiro tirou o livro das mãos dela e correu para a casa do escritor para fazer a boa ação de devolver a obra ao verdadeiro dono.

Uma história assim pode acontecer em qualquer país habitado por pessoas que ainda não estejam familiarizadas com livros – aqui no Brasil, inclusive. De quem é o livro? A resposta não é a mesma de quando se pergunta quem *escreveu* o livro. O autor é quem escreve, mas o livro é de quem lê, e isso de uma forma muito mais abrangente do que o conceito de propriedade privada. O livro é de quem lê mesmo quando foi retirado de uma biblioteca, mesmo que seja emprestado, mesmo que tenha sido encontrado num banco de praça. O livro é de quem tem acesso às suas páginas e através delas consegue imaginar os personagens, os cenários, a voz e o jeito com que se movimentam. São do leitor as sensações provocadas, a tristeza, a euforia, o medo, o espanto, tudo o que é transmitido pelo autor, mas que reflete em quem lê de uma forma muito pessoal. É do leitor o prazer. É do leitor a identificação. É do leitor o aprendizado. É do leitor o livro.

Dias atrás gravei um depoimento para o rádio em que falo aos leitores exatamente isso: os meus livros são os seus livros. E são, de fato. Não existe livro sem leitor. Não existe. É um objeto fantasma que não serve pra nada.

Aquele garoto de Moçambique não vê assim. Para ele, o livro é de quem traz o nome estampado na capa, como se isso sinalizasse o direito de posse. Não tem ideia de como se dá o processo todo, possivelmente nunca entrou numa livraria, nem sabe o que significa tiragem. Mas, em seu desengano, teve a gentileza de tentar colocar as coisas em seu devido lugar, mesmo que para isso tenha roubado o livro de uma garota sem perceber. Ela era a dona do livro. E deve ter ficado estupefata. Um fã do Mia Couto afanou seu exemplar. Não levou o celular, a carteira, só quis o livro. Um danado de um amante da literatura, deve ter pensado ela. Assim são as histórias escritas também pela vida, interpretadas a seu modo por cada um.

06 de novembro de 2011

Alguém quem?

Faz muitos anos. Eu estava assistindo a um show do Living Colour, som pesado que fazia tremer as paredes de um pequeno ginásio da cidade. Guitarras, sonzeira, mal dava para se falar com a pessoa ao lado. Foi quando resolvi dar uma espiada na tal pessoa ao lado: era uma mulher com um bebê de colo de não mais do que quatro meses. Fiquei maluca. O que aquela criança fazia em meio a uma poluição sonora que era atordoante até para adultos? Sem falar que na época se fumava à vontade em ambientes fechados. Não resisti e, entre uma música e outra, perguntei: você acha que esse é um local adequado para um bebê? Ela poderia ter me mandado longe, já que eu estava me metendo onde não devia, mas foi educada e respondeu que sabia que não, porém ela era muito fã do Living Colour e não tinha quem pudesse ficar em casa cuidando da sua filhinha. Respondi: que tal você mesma?

Ela me deu as costas e trocou de lugar.

Essa história me veio à lembrança depois que li no blog de uma leitora um caso semelhante. Ela e a mãe estavam passando de carro por uma rua, quando viram um senhor de cabelos brancos ajoelhado junto à sua bicicleta, tentando consertá-la. As duas viram a cena e ficaram com pena do homem. Comentaram:

"Coitado, alguém tem que ajudá-lo". Rodaram mais uns metros e então frearam bruscamente. "Ora, por que não nós?"

Deram meia-volta e descobriram que o senhor de cabelos brancos não era tão senhor, e sim um rapaz precocemente grisalho, e que ele já estava com quase tudo resolvido. Recusou a ajuda, agradeceu a gentileza e ofertou às duas seu melhor sorriso. O sorriso de quem sabe que pode contar com alguém, seja esse alguém quem for.

Alguém. Uma entidade a quem confiamos a solução de todos os nossos problemas. Alguém tem que dar um jeito no país. Alguém tem que mandar arrumar a máquina da lavar. Alguém tem que pensar no futuro das crianças. Alguém tem que se mexer, alguém tem que providenciar, alguém tem que ver o que está acontecendo. Mas como ele fará isso por você, sendo alguém tão ocupado?

Na hora de falar, nos anunciamos como muito capazes, mas quando a teoria necessita ser posta em prática, somos os primeiros a transferir responsabilidades. Talvez porque preservamos uma certa arrogância de senhor do engenho, que acredita que o servilismo de seus criados é que faz a roda do mundo girar. Ou talvez por egoísmo: para que sujar minhas mãos se outro pode fazer o mesmo? Ou quem sabe tenha a ver com baixa autoestima: canto de galo, mas, no fundo, não presto para nada. Seja o motivo que for, estamos sempre esperando que Alguém se apresente para a tarefa que julgamos não ser nossa. Abrimos mão do protagonismo em prol de uma coadjuvância acomodada e maléfica para a sociedade. Pois é, e agora? Alguém tem que fazer alguma coisa.

20 de novembro de 2011

De vestido de oncinha e plumas

Outro dia aconteceu algo que me deixou sem saber direito o que pensar. Um caso corriqueiro, mas novidade pra mim. Quando era publicitária, trabalhei por três meses numa agência. Estamos falando do ano de 1984 – ou seja, 27 anos atrás. Pois uma ex-colega da agência postou essa semana, no blog de uma confraria da qual faz parte, uma foto daquela época, onde apareço numa festa à fantasia. Uma homenagem que ela me fez, sem nenhuma intenção difamatória. Nem estou tão medonha na foto, apesar do cabelo estilo Dallas, o vestido de oncinha e a echarpe de plumas negras. Foi a primeira festa à fantasia que fui. E a última.

Me garantiram que o blog é acessado por pouquíssimas pessoas. As confrades estavam crentes de que eu iria me comover. Mas, nascida com vários defeitos de fabricação, não me comovi. Em vez disso, considerei que a titular do blog poderia ter pedido autorização para publicar uma foto minha de 27 anos atrás. Seria atencioso da parte dela. Mas devo estar variando: quem pede licença antes de postar foto dos outros?

Lembrei de uma discussão que testemunhei entre duas amigas: uma delas havia ficado chateada por a outra ter postado a foto do seu chá de panela, onde ela aparecia completamente descomposta, mas descomposta de uma maneira que só quem já foi num chá de panela sabe que é possível.

Já a outra amiga defendia o seu direito de postar o que quisesse, e de julgar ela mesma o que era descompostura e o que era apenas uma foto engraçada. De fato, era uma foto engraçada. Lembro que pensei: "Quá, quá, quá, que engraçado – ainda bem que não sou eu".

Agora sou eu. E se ainda não chegou sua vez, aguarde.

Tenho plena consciência de que cada vez que tiro foto com um leitor numa sessão de autógrafos, aquela foto estará no Facebook em poucos segundos. Tudo bem. Meu trabalho faz com que me exponha e sei que não há controle sobre a propagação de imagens. E mesmo quando não é um evento profissional, tudo bem também: ao viajar com amigos ou ir a um churrasco, sei que serei fotografada junto ao grupo e logo estarei num álbum virtual, para quem quiser espiar. Qualquer pessoa que se deixe fotografar, hoje, sabe que é assim. Se quiser discrição, melhor evaporar na hora do clique.

Não tive essa prerrogativa em 1984. Naquela época, nem em meus devaneios mais premonitórios poderia supor que o conceito de privacidade em breve estaria condenado à morte e que o "cá entre nós" seria substituído pelo "cá entre todos". Por isso, a dúvida: temos o direito de ficar ressabiados por postarem nossas fotos pré-históricas sem nos consultar ou dá no mesmo se a foto foi tirada 27 anos atrás ou ontem à noite? Suspeito que estou sendo preciosista. Vaidosa. Tá bom: chata. Mas queria compartilhar essa indagação.

Quanto à ex-colega, sem mágoas. Assimilei. Nenhum problema de eu circular pela internet de oncinha e plumas. Ao menos estou vestida, ufa.

27 de novembro de 2011

Autoajuda

Estava lendo o divertido e charmoso *É tudo tão simples*, de Danuza Leão, quando uma senhora chegou perto, com ar de desprezo, e disse: "Não te imaginava lendo autoajuda". Pensei em responder que Kafka e Tchékhov também são autoajuda: dos eruditos aos passatempos, todo livro escrito com honestidade ajuda. Se bobear, até mesmo embustes tipo "Como arranjar marido" ou "Como juntar o primeiro milhão antes dos 30 anos" ajudam – quer ilusão, toma ilusão.

O psicanalista Contardo Calligaris certa vez afirmou, numa entrevista, que escreve para estimular o leitor a melhorar a qualidade de sua experiência de vida, intensificando-a. E Calligaris realmente consegue esse feito, por isso o leio. Assim como leio e sublinho inúmeras citações do filósofo romeno Cioran, que me ajuda a identificar a miséria humana sob uma ótica extremamente lúcida.

Muito antes de eu descobrir Calligaris e Cioran, tive que descobrir a mim mesma, e Marina Colasanti foi, nesse sentido, minha guia espiritual. Com suas crônicas, abriu minha cabeça para a sociedade que estava se firmando no início dos anos 80, quando as mulheres assumiram um novo papel. Eu não seria a mesma se não tivesse lido seus livros.

Ainda adolescente, Fausto Wolff me deu consciência política, Millôr Fernandes me ensinou a enxergar o reverso do espelho, Verissimo me incentivou a rir de mim mesma, Paulo Leminski me fez ver que poesia não precisava ser um troço chato e Caio Fernando Abreu me apresentou um mundo sem preconceitos. Seria uma ingrata se dissesse que eles não fizeram nada além de me entreter.

Além desses autores geniais, passei também por livros maçantes que me serviram como ansiolíticos – me ajudaram a pegar no sono. Hermetismo nem sempre é sinônimo de inteligência, profundidade não é privilégio dos deprimidos e mesmo histórias bem-escritas podem naufragar se forem pretensiosas.

Michael Cunningham ajuda a manter minha humildade (nem que eu vivesse 200 anos conseguiria escrever algo minimamente parecido com *Ao anoitecer)*, Cristovão Tezza ajuda a controlar minha inveja (que autor, que técnica!) e Dostoiévski me ensina que a fúria é mais produtiva quando transformada em arte. Qualquer tipo de arte, aliás. Música de autoajuda? Existe. Cazuza, por exemplo, já estimulou minha indignação com o país, Ney Matogrosso me faz sentir sensual, Jorge Ben sempre me alegra e Chico Buarque diversas vezes me comoveu, e ficar comovido é de primeira necessidade.

Existe autoajuda para todos os gostos. Tendo ou não esse propósito, nenhum livro merece ser diminuído por ter sido útil.

30 de novembro de 2011

O que acontece no meio

Vida é o que existe entre o nascimento e a morte. O que acontece no meio é o que importa.

No meio, a gente descobre que sexo sem amor também vale a pena, mas é ginástica, não tem transcendência nenhuma. Que tudo o que faz você voltar para casa de mãos abanando (sem uma emoção, um conhecimento, uma surpresa, uma paz, uma ideia) foi perda de tempo. Que a primeira metade da vida é muito boa, mas da metade para o fim pode ser ainda melhor, se a gente aprendeu alguma coisa com os tropeços lá do início. Que o pensamento é uma aventura sem igual. Que é preciso abrir a nossa caixa-preta de vez em quando, apesar do medo do que vamos encontrar lá dentro. Que maduro é aquele que mata no peito as vertigens e os espantos.

No meio, a gente descobre que sofremos mais com as coisas que imaginamos que estejam acontecendo do que com as que acontecem de fato. Que amar é lapidação, e não destruição. Que certos riscos compensam – o difícil é saber previamente quais. Que subir na vida é algo para se fazer sem pressa. Que é preciso dar uma colher de chá para o acaso. Que tudo que é muito rápido pode ser bem frustrante. Que Veneza, Mykonos, Bali e Patagônia são lugares excitantes, mas que incrível mesmo é se sentir feliz dentro da própria casa. Que a vontade é quase sempre mais forte que a razão. Quase? Ora, é sempre mais forte.

No meio, a gente descobre que reconhecer um problema é o primeiro passo para resolvê-lo. Que é muito narcisista ficar se consumindo consigo próprio. Que todas as escolhas geram dúvida – todas. Que depois de lutar pelo direito de ser diferente, chega a bendita hora de se permitir a indiferença. Que adultos se divertem mais do que os adolescentes. Que uma perda, qualquer perda, é um aperitivo da morte – mas não é a morte, que essa só acontece no fim, e ainda estamos falando do meio.

No meio, a gente descobre que precisa guardar a senha não apenas do cartão do banco, mas a senha que nos revela a nós mesmos. Que passar pela vida à toa é um desperdício imperdoável. Que as mesmas coisas que nos exibem também nos escondem (escrever, por exemplo). Que tocar na dor do outro exige delicadeza. Que ser feliz pode ser uma decisão, não apenas uma contingência. Que não é preciso se estressar tanto em busca do orgasmo, há outras coisas que também levam ao clímax: um poema, um gol, um show, um beijo.

No meio, a gente descobre que fazer a coisa certa é sempre um ato revolucionário. Que é mais produtivo agir do que reagir. Que a vida não oferece opção: ou você segue, ou você segue. Que a pior maneira de avaliar a si mesmo é se comparando com os demais. Que a verdadeira paz é aquela que nasce da verdade. E que harmonizar o que pensamos, sentimos e fazemos é um desafio que leva uma vida toda, esse meio todo.

04 de dezembro de 2011

Vidas secas

Não é Graciliano Ramos, não é sobre o sertão, mas o filme francês *O garoto da bicicleta* também tem na aridez a sua força. Nada é úmido, nada é aguado, nada transborda no filme dos irmãos Jean-Pierre e Luc Dardenne. O garoto Cyril, interpretado magnificamente pelo ator Thomas Doret, corre ou pedala em quase todas as cenas. Corre atrás de um pai que não o ama, corre atrás de uma infância que lhe foi interditada, corre atrás de promessas de afeto, corre atrás de si mesmo sem nem saber por onde começar a procurar-se. Em cerca de 90 minutos de projeção, ele dá apenas dois meio-sorrisos, o que equivale a um só, e contido. No resto do tempo, carranca, seriedade, perplexidade com um mundo que lhe virou as costas. Só quando enfim aceita a ideia de que tem um pai imprestável que nunca lhe dará os cuidados e o amor necessários, é que percebe que existe um anjo a seu lado.

O mais curioso no filme é o comportamento desse anjo: uma cabeleireira bonitona que poderia estar tocando sua vida sem nenhuma responsabilidade maior a não ser trabalhar e namorar, mas que se compromete a cuidar de um guri surgido do nada, que nem parente é. Por que ela topa abrir mão da sua tranquilidade para ser guardiã de um menino-problema?

Porque sim. Só por isso.

Poderia ser uma história sentimentaloide, mas não há meio segundo de sentimentalismo no filme. Muito estranho. Não estamos acostumados com essa escassez de drama, ao menos não aqui, abaixo da linha do Equador, onde vivemos tudo entre lágrimas e sangue, amores e ódios líquidos. O filme mostra um menino de prováveis 11 anos, talvez 12, não mais que 13, levando todas as bordoadas que a vida pode lhe dar e mais algumas, e uma moça segurando a barra dele como se fosse uma questão de destino apenas, e não de uma escolha. Ninguém chora, ninguém berra, ninguém reclama, ninguém se exalta. E nessa economia de demonstração externa dos sentimentos, saltam no filme as dores silenciosas.

Elas. As dores silenciosas. As mais contundentes.

É um filme amparado por dois personagens extremamente raçudos. E eu fico me perguntando: quantos raçudos há entre nós? Quantas crianças que tiveram amor sonegado, que levaram essa recusa de afeto como se fosse uma pedrada na cabeça, que se deixaram abater pelo desânimo, cansaço e frustração, mas que tiveram que levantar, mesmo alquebrados, e seguir vivendo do jeito que era possível?

A maior sacanagem do mundo é não dar amor a quem não espera outra coisa. Um filho não espera outra coisa dos pais.

A maior benção do mundo é receber amor de quem a gente menos espera. E esse amor pode vir de qualquer um.

07 de dezembro de 2011

Sem querer interromper, mas já interrompendo

Não é um defeito que mereça entrar no rol dos crimes hediondos, mas é bem chato: pessoas que falam em cima da fala da gente. Ainda nem terminamos a frase, e o nosso interlocutor já está falando junto, numa demonstração clara de que não importa o que estamos dizendo, ele próprio tem algo mais importante a dizer.

Pode parecer uma crítica, mas é, na verdade, uma autocrítica: entre essas pessoas, estou eu mesma. Minha família é ótima, alegre, desinibida, mas tem essa mania incontrolável: todos falam em cima dos outros. Não somos italianos, e sim ansiosos (nascidos e criados num país fictício chamado Ânsia). É um costume que passa de geração para geração. Mães, pais, avós, tios, primas, todos praticam essa esquizofrenia de não permitir que ninguém termine uma fala, ninguém. A conversa é de doidos, mas as festas são animadas.

Fui incorrigível como eles por muito tempo, até que comecei a perceber o quanto a situação é desagradável para quem não faz parte da nossa árvore genealógica. Levei uns puxões de orelha das amigas, o que me salvou. Hoje, se não estou 100% curada, posso dizer que já consigo me conter um pouco. Procuro não sair falando junto, em cima, atrapalhando o trânsito das palavras. Ouço o que o outro tem a dizer, mas ainda cometo o pecado de terminar a frase por ele. Basta que o coitado vacile na conclusão da sua argumentação, buscando uma palavra que não vem, e eu rapidamente encontro a palavra que ele procurava. Quase sempre acerto, o que não me redime. Por que raios não esperei ele próprio encerrar seu discurso? Nascida em Ânsia, num lugarejo chamado Impaciência.

Nós, os acelerados de berço, não fazemos por mal, mas precisamos nos dar conta de que duas pessoas falando juntas é a anticomunicação. Sabemos como é azucrinante ter que concluir nosso pensamento e ao mesmo tempo ouvir o que o nosso interlocutor está dizendo. Por isso me compadeço de entrevistadores que usam o ponto eletrônico no ouvido, aquele dispositivo que permite que se receba instruções do diretor do programa. Que sufoco ouvir duas vozes ao mesmo tempo, a do entrevistado falando sobre sua obra e a do diretor avisando: "Arruma o cabelo que caiu no rosto", "Não esqueça de perguntar sobre o escândalo do ano passado", "Corta esse chato e chama o comercial".

Duas vozes simultâneas: adeus, diálogo. Faz alguns anos que prometi a mim mesma: não vou mais me atravessar. Vou aguardar minha vez. Esperar a amiga falar, o namorado concluir. Vou escutar. Vou respeitar. Quieta, deixa ele acabar. Ai, que aflição, não vou conseguir. Putz, não me segurei. Falei em cima, de novo.

11 de dezembro de 2011

Natal para ateus

A semana que antecedeu o Natal foi de caixa de e-mails lotada: diversas mensagens chegaram, algumas bem alegres e outras com apelos um pouco melodramáticos, em especial as que recrutavam Jesus, o aniversariante esquecido. De fato, vivemos numa época megaconsumista e muitos não dão valor à data, mas a tragédia não é absoluta. De minha parte, não festejo o aniversário de Jesus, mas nem por isso minha casa se transforma num iglu habitado por abomináveis corações de gelo. Me emociono, confraternizo, abraço, beijo e brindo à paz, acreditando que essa abertura sincera para o afeto é uma espécie de religião também.

Recentemente, o escritor e filósofo suíço Alain de Botton esteve no Brasil lançando *Religião para ateus*, livro em que ele defende a tese de que, mesmo sem acreditar em Deus, é possível ter fé. E mesmo sem ter fé, é possível encontrar na religião elementos úteis e consoladores que suavizam o dia a dia. Botton condena a hostilidade que há entre crentes e ateus, e diz que em vez de atacar as religiões, é mais salutar aprender com elas, mesmo quando não compactuamos com seu aspecto sobrenatural.

Não é de hoje que admiro esse autor, e mais uma vez ele me empolga com sua visão. Fui criada numa família católica, mas já na adolescência minha espiritualidade se divorciou dos rituais de celebração, já que deixei de acreditar em fatos bíblicos que me pareciam implausíveis. Nem por isso fiquei órfã dos valores éticos que as religiões pregam.

Solidariedade, gentileza, tolerância, princípios morais, nada é furtado daqueles que descartam a existência de Deus. Claro que, se não houver o hábito constante da reflexão, podemos nos tornar materialistas convictos e acabar exercendo a bondade só em datas especiais. É nesse ponto que Alain de Botton defende o lado prático e benéfico das religiões: elas funcionam como lembretes sobre a importância de nos introspectarmos e de fazermos a coisa certa todos os dias. Quem prefere não buscar esses lembretes na igreja, pode buscar na arte, no contato com a natureza ou onde quer que sua alma se revitalize.

Do que concluo que é possível encontrar o sentido do Natal sem montar presépio, sem assistir à missa do Galo e sem servilismo religioso. Basta que sejamos uma pessoa do bem, consciente das nossas responsabilidades coletivas e que passemos adiante a importância de se ter uma conduta digna. Nós todos podemos ser os pequenos "deuses" de nossos filhos, de nossos amigos e também de desconhecidos.

Dentro desse conceito, posso afirmar que o Natal é frequente aqui em casa: hoje, amanhã, depois de amanhã. A diferença é que nos outros dias estamos de moletom em vez de vestido de festa, e a ceia vira um misto-quente, mas o espírito mantém-se em constante estado de alerta contra o vazio e a superficialidade da vida.

Feliz Natal – para todos.

25 de dezembro de 2011

O Brasil irregular

Tragédias como o desabamento dos três prédios no centro do Rio não são corriqueiras, mas o motivo pelo qual acontecem são. E continuarão sendo enquanto o Brasil seguir desprezando as leis, como se lei fosse coisa para gente sem imaginação. Podemos ter virado exemplo de economia bem gerida, mas enquanto a irresponsabilidade se mantiver como nossa conduta padrão, continuaremos campeões em violência no trânsito, em mortes em corredores de hospitais, em deslizamentos que soterram famílias, em intoxicações e outras "fatalidades".

Lei existe para determinar o que pode e o que não pode. Parece óbvio, mas muita gente matou essa aula.

Não se pode fazer uma obra sem o laudo de um engenheiro e a autorização da prefeitura. Não se pode dirigir alcoolizado. Não pode um médico faltar ao plantão. Não pode um barraco ser construído de qualquer jeito em cima de um morro.

Por que aquele navio enorme adernou a 500 metros da costa italiana? Porque o comandante fez um procedimento que não podia. Saiu do trajeto estipulado.

Transgredir é atraente. Ninguém aguenta passar a vida toda sendo exemplo de santidade. De vez em quando, é bom surpreender e fazer o que ninguém espera, mas até para transgredir existe uma regra, que Cazuza resumiu em letra de música: "Eu não posso fazer mal nenhum, a não ser a mim mesmo". Quer sair da estrada convencional e pegar uma rota alternativa? Benção da tia. Existem diversas maneiras de a gente firmar nossa identidade sem causar nenhum dano à sociedade. As consequências são pessoais e quase sempre calculadas.

Agora virou moda dizer que quem fala mal do Brasil tem "complexo de vira-lata". Mas tem que falar, tem que comparar. Nos países da Europa e nos Estados Unidos, que estimulam a individualidade e a liberdade em suas mais diversas formas, ninguém é considerado careta por respeitar as leis. Óbvio que lá também acontecem acidentes de trânsito, desmoronamentos e tragédias similares as de qualquer outro país, só que vira escândalo e quem erra vai preso. Não apenas os pobres, mas os ricos também. A lei não é abstrata nem flexível, é concreta.

O Brasil tem muitas coisas boas: povo alegre, natureza, música e agora a tal economia que arregala os olhos dos gringos. O que falta para nos tornarmos um país desenvolvido de fato? Cumprimento da lei. E na falta desse cumprimento, rigor na punição. Ainda somos, miseravelmente, o país do jeitinho. Vendemos medicamento sem receita, instalamos "gato" para roubar a luz do vizinho, estacionamos em cima da calçada, molhamos a mão do fiscal, batizamos a gasolina, superfaturamos a nota, tudo malandragem aceita com benevolência, até que uma obra sem supervisão, como tantas outras por aí, escancara nosso desleixo e nos devolve ao subdesenvolvimento. Até quando? Até todos continuarem soltos, bebendo sua cervejinha na paz de Deus e rindo dos trouxas que fazem tudo certo.

01 de fevereiro de 2012

Empregadas ou secretárias?

O número de empregadas domésticas tem diminuído de ano a ano no Brasil. É uma boa notícia. A oferta de empregos aumentou e essas profissionais estão buscando colocação em outros setores, onde possam ganhar mais e alinhavar um plano de carreira. Pode ser bom inclusive para seus empregadores, que terão que se adaptar a um novo estilo de vida: eles próprios farão as atividades domésticas, convocando a família inteira para colaborar. Ninguém morre se tiver que cozinhar e lavar uma louça, e me parece digno que os filhos entrem nesse mutirão, se preparando melhor para a vida. Hoje não mexem um dedo porque têm uma Maria que faz tudo por eles.

Pois a Maria, segundo estatísticas, não quer mais ser empregada doméstica, e sim ter um status mais elevado. Quem sabe, ser uma secretária. De fato uma secretária. Muitas pessoas chamam suas empregadas de secretárias, na boa intenção de prestigiá-las. Acho estranho. Então devemos chamar as verdadeiras secretárias de quê? Empresárias?

Pessoas que promovem verbalmente suas funcionárias acreditam estar valorizando-as, mas parece o contrário: demonstram que ser empregada doméstica não é honroso, a ponto de fingirem que elas são outra coisa. Se eu me referisse à minha empregada como "secretária", creio que estaria revelando desdém a sua real função. Seria o mesmo que chamar o peão de obra de engenheiro ou a garçonete de chef de cozinha. Um upgrade de mentirinha.

Algumas empregadas domésticas ainda não são totalmente alfabetizadas. Não dominam o uso do computador. Não controlam a agenda profissional de seus patrões. São exímias cozinheiras, arrumadeiras, braços direitos das famílias, mas não fazem o que uma secretária faz. Assim como secretárias podem não saber fritar um ovo e nem passar direito uma camisa. Uma não substitui a outra. Uma não é melhor que a outra. Ambas são imprescindíveis, cada uma em seu ambiente de trabalho.

Se a palavra "empregada" parece pejorativa, pode-se chamá-la de funcionária, que é o que ela é também. Já chamá-la de secretária apenas expurga a culpa do patrão, que não quer parecer um senhor do engenho, do tipo que tem escravos. Ou seja, ele se utiliza de um eufemismo para provar que respeita todos os direitos trabalhistas da sua funcionária. Nem se dá conta de que esse pudor com a palavra empregada talvez desmereça as profissionais que tiveram a chance de estudar mais e que fizeram cursos preparatórios para trabalhar numa empresa e não numa casa de família. Secretárias não fazem trabalho doméstico. Apesar de eu nunca ter lido nenhuma pesquisa a respeito, tenho a impressão de que elas devem se sentir desconfortáveis ao verem as duas funções confundidas.

Eu, às vezes, me confundo. Outro dia me disseram: vou te levar lá em casa para provar o suflê de queijo que a minha secretária preparou. Logo pensei: coitada, fazendo hora extra fora do escritório.

08 de fevereiro de 2012

Fidelidade feminina

Peguei a conversa pela metade, mas não pude deixar de acompanhar até o final. Ninguém resiste a escutar uma mulher confidenciando um segredo a outra.

– Desde quando isso está acontecendo?

– Ainda não está acontecendo, mas vai acontecer em breve. É horrível ter que traí-lo, nunca me imaginei nessa situação. A gente sempre se deu tão bem. Mas sinto que chegou a hora do meu turning point.

– Você conheceu outro?

– Uma colega me apresentou. Fiquei fascinada. Tão solto, tão moderno.

– Procura resistir, Marilia. Afinal, você construiu uma relação sólida de... quanto tempo mesmo?

– Dezessete anos, acredita? E nunca olhei para o lado, sempre com ele, fiel como uma labradora. Hoje é meu melhor amigo. Muito além de qualquer outra coisa.

– E você vai arriscar perder essa cumplicidade por causa de uma tentação?

– Rê, chega uma hora em que é preciso mudar. Eu vou fazer 50 anos. Olho todos os dias para o espelho e enxergo a mesma cara, a mesma falta de brilho. Estou envelhecendo sem arriscar nada, sem experimentar algo diferente, nunca. Me diz a verdade: você acha que ele irá suportar?

– Tá brincando. Você pretende contar a ele???

– Ele vai reparar, né? Lógico.

– Não precisa falar nada, mulher! Se você for discreta, ele não vai descobrir.

– Só se eu trocasse de cidade, Rê. Ele vai ficar sabendo no mesmo dia. Você sabe como as fofocas voam.

– Se você pretende fazer essa besteira mesmo, melhor pensar nas consequências. A não ser que ele seja muito bem resolvido.

– Quem é bem resolvido numa hora dessas? Ele vai querer me matar. Vai me chamar de traíra pra baixo. Vai se sentir um lixo de homem.

– Ai, Marilia. Pra que inventar moda a essa altura do campeonato? Claro que às vezes também fico a fim de experimentar uma novidade, quem não fica? Por outro lado, é tão bom não precisar mentir, não ter que criar desculpas... Uma amiga minha fez essa bobagem e conseguiu ser perdoada porque garantiu que tinha acontecido uma vez só, e em Nova York. O cara engoliu, mas a relação está estremecida até hoje, nunca mais foi a mesma.

– Eu sei, eu sei, só que não aguento mais usar o mesmo corte há 17 anos. Estou decidida, Rê. Vou trocar de cabeleireiro. Se me arrepender, assumo as consequências. Não suporto mais ficar refém de uma situação que é cômoda, mas que não me revitaliza.

– Então só posso te desejar boa sorte, amiga. Vou te confessar uma coisa, mas não espalha: eu também adoraria trocar minha manicure por outra novinha que entrou no salão. Me diz se tem cabimento isso. Já troquei de marido três vezes, e não tenho coragem de deixar a Suely.

11 de março de 2012

Burrocracia

Recebi convite para participar de um evento literário em João Pessoa. Já quase não viajo a trabalho, preciso ficar mais tempo no meu escritório, mas respondi que, dependendo da data, talvez conseguisse ir. Foi então que me chegou uma lista de documentos que eu deveria providenciar para viabilizar minha participação. Não acreditei. Nem para um ex-presidiário acusado de desfalque do Banco Central exigiriam tamanha quantidade de certificados de idoneidade moral e financeira. Eu teria que passar uma semana percorrendo cartórios e ainda contratar um advogado, ou dois. Muito grata, mas fica para a próxima.

Nunca vi um país se entravar tanto. Nada avança em ritmo razoável. As incensadas obras prometidas para a Copa do Mundo são apenas um exemplo. Afora maledicências, pilantragens e disputas de poder, ainda temos a questão da papelada: é um milhão de pareceres, assinaturas, carimbos e rubricas que impedem o andar da carruagem. Pois é, ainda estamos nos tempos da carruagem, trotando.

Basta uma enxurrada desabar sobre uma cidade e se tem mais do mesmo: ruas alagadas nos pontos de sempre. Ok, o asfalto não absorve a água, o lixo é jogado em locais impróprios e chove sempre o esperado para o mês inteiro. Mas não há pessoas dentro das secretarias de governo sendo pagas para resolverem os problemas urbanos? Vai chover de novo, e forte. E os carros ficarão boiando, poucos conseguirão chegar ao trabalho, o comércio terá que fechar, moradores perderão seus móveis, grávidas terão que ser retiradas de barco de dentro de suas casas. É um déjà-vu recorrente.

Como não imagino que haja almas satânicas por trás das administrações, só posso concluir que a burocracia tem algo a ver com isso. Quantos estudos, laudos, aprovações, orçamentos, prazos remarcados, projetos refeitos serão necessários para resolver nossas pendências? É o país da novela – mesmo.

Fizemos progresso na emissão de documentos pessoais – hoje se pode tirar uma certidão de nascimento ou uma carteira de identidade sem trâmites e demoras, mas ainda falta, como falta, para a gente ser uma nação que flui. A expressão "é pra ontem", que configura a pressa, passou a ser literal. Não conseguimos sair do ontem e entrar no amanhã.

Os reféns da burocracia se defendem dizendo que não é culpa deles, exige-se o cumprimento da lei, e estão certos, senão vira bagunça. Mas alguém lá em cima, com a caneta na mão, tem o dever de promover mais agilidade nesse Brasil que só é rápido na informalidade. Há que se encontrar um meio de trabalhar de forma legal e ao mesmo tempo atender as demandas em prazo de país desenvolvido, que é o que almejamos ser.

O que é preciso para promover a desburocratização? Claro, uns 3.479 estudos de viabilidade. Pocotó, pocotó.

21 de março de 2012

Órfãos adultos

Era uma senhora alegre, faceira. Mas morreu, como acontece com todos. Sem salamaleques, sem longas internações. Morreu rápido, como muitos desejam, e viveu demoradamente, como se deseja também: tinha 99 anos.

Deixou três filhos, todos na faixa dos 70, pois na época em que essa senhora era jovem casava-se cedo. E foi então que, conversando com uma das filhas, de 75 anos, me deparei com uma questão sobre a qual eu nunca tinha pensado. Disse-me ela que estava muito magoada com a reação das pessoas: todos vinham abraçá-la, no enterro, como se ela estivesse de aniversário, como se fosse uma boda, uma promoção, um réveillon.

"Minha mãe, apesar da idade que tinha, não dava trabalho à família, era independente e gozou de boa saúde até o final. Porém, mesmo que tivesse dado trabalho, mesmo que eu e meus irmãos estivéssemos reféns de uma condição desfavorável, ora, perdi minha mãe. Por que isso seria menos doloroso a essa altura? Só porque também sou velha?"

Calei. Ela tinha total razão. É muito comum encararmos a morte de alguém idoso como um alívio para a família – estivesse o defunto já doente ou não.

Da mesma forma como nos chocamos quando alguém parte cedo, nos insensibilizamos diante dos que partem aos 95 anos, aos 99, aos 103 anos de idade. É como se estivéssemos aguardando a notícia do óbito para qualquer momento, e quando a notícia chega, tudo certo, cumpriu-se a ordem natural das coisas, é preciso morrer, e que dádiva, ao menos este viveu bastante.

Tudo certo quando se trata dos pais dos outros.

O que essa senhora de 75 me esclareceu é que ela tem, também, o direito de sentir-se órfã. É um engano achar que a orfandade é um sentimento exclusivo dos jovens. Ela tinha vontade de dizer a todos aqueles que foram ao enterro a fim de cumprir uma formalidade social, sorridentes como quem vai a um shopping, que a sua capacidade de sentir dor não havia sido diluída pelos seus 75 anos, e que ela sentia falta daquela mãe tanto quanto a sua filha de 50 sentiria a sua, e tanto quanto a sua neta de 25 sentiria da mãe dela.

Essa história aconteceu alguns anos atrás, mas me veio à memória com clareza e força ao ler recentemente o livro *Filosofia sentimental*, do professor Frédéric Schiffter, que entre diversos assuntos aborda exatamente isso: a tristeza não é uma doença, muito menos uma doença exclusivamente infantil. O fato de sermos experientes, vividos, maduros e bem resolvidos não cria em nós uma blindagem contra os sentimentos. Ao menos, não diante de perdas tão significativas.

E se por um acaso for uma doença infantil, que se respeite. Perder a mãe nos leva, a todos, de volta aos 10 anos de idade.

25 de março de 2012

O macacão branco

Sejamos honestas, colegas de trabalho: quem de nós pode vestir um macacão branco decotado na frente e nas costas, colado ao corpo, sem antes passar por uma lipoescultura, uma sessão de bronzeamento e ficar duas semanas sem comer? Resposta no final desta coluna.

Não teria adjetivos suficientes para comentar o show que Maria Rita fez no Anfiteatro Pôr do Sol, em Porto Alegre, cantando músicas da sua mãe, Elis Regina. O espetáculo foi perfeito do início ao fim, e São Pedro ainda deu uma canja, oferecendo um entardecer de cinema, com direito a uma lasca de lua, céu estrelado e brisa suave. Se Elis não fosse gaúcha, teria se naturalizado naquele instante, em algum cartório no céu.

Mas voltemos a Maria Rita. Toda de branco, ela entrou no palco com uma túnica diáfana que ia até os pés: praticamente um anjo de bons modos. Até que, quatro ou cinco músicas depois do início do show, ela retirou a túnica e ficou só de macacão branco decotado, com as costas de fora, colado no corpo. Pensei: é peituda essa mulher.

Peituda porque, além de peito, Maria Rita tem coxa, tem bunda, tem barriguinha, tem sustância, tem o corpo da brasileira típica, que passa longe das esquálidas das revistas, das ossudas das passarelas. A numeração de Maria Rita não é 36, mas vestiu aquele macacão branco como se fosse.

Quaquaraquaquá, quem riu? Quaquaraquaquá, foi ela. Cantando *Vou deitar e rolar* e outros tantos hits da sua talentosa genitora, Maria Rita rebolou, sambou, jogou charme, braço pra cima, braço pro lado, ajeitadinha no cabelo, caras e bocas, dona e senhora do pedaço e com o namorado bonitão (Davi Moraes, na guitarra) ali na retaguarda, babando – se não estava, deveria. Porque Maria Rita, além de cantar divinamente, mostrava 100% seu lado fêmea, segura e incomparável. Que nem as modelos de revista? Quaquaraquaquá. Muito melhor.

Fiquei matutando depois: como mulher se preocupa com besteira. Usa roupa preta para afinar, veste bermudas compressoras para chapar a barriga, manga comprida para esconder os braços roliços, e mais isso, e aquilo, quando o maior segredo de beleza consta do seguinte: sinta-se num palco, mesmo que nunca tenha chegado perto de um. Imagine-se com 60 mil pessoas te aplaudindo, te admirando pelo que você faz, pelo que você é, imagine-se com o público na mão, pois você é competente e possui uma elegância natural. Conscientize-se de que sua inteligência é superior às suas medidas, que ser magrinha não atrai amor instantâneo, que sua personalidade é um cartão de visitas, que a felicidade é a melhor maquiagem, que ser leve é que emagrece.

E dá-se a mágica.

Quem de nós pode vestir um macacão branco decotado na frente e nas costas, colado ao corpo, sem antes passar por uma lipoescultura, uma sessão de bronzeamento e ficar duas semanas sem comer? Qualquer uma de nós, ora.

01 de abril de 2012

A MULHER E O GPS

Numa mesa de restaurante, um grupo conversava animadamente sobre relacionamentos de longa duração – estavam ali casais que contabilizavam mais de 20 anos de casados – até que uma das mulheres começou a expor as diversas razões que fizeram suas núpcias com o marido durarem tanto tempo. Entre outras coisas, porque eles tinham muitas afinidades, eram muito pacientes um com o outro, gostavam de viajar juntos, prezavam a família, tinham os mesmos sonhos... E ela foi se empolgando, se empolgando. Quando não faltava quase nada para iniciar um relato minucioso sobre os momentos íntimos entre lençóis, o marido, presente à mesa, largou um "Não delira, Vanessa. A gente está junto até hoje porque inventaram o GPS".

Silêncio. Alguém havia entendido a piada?

Deu-se então a explicação. "A Vanessa até que é boa gente (gargalhadas generalizadas), mas eu já não conseguia andar com ela no carro. Era um tal de vira à direita, cuidado que o sinal vai fechar, a próxima rua é contramão, tem uma vaga atrás daquele carro preto, ali, está vendo? Aqui, aqui!!! Falei. Agora quero ver você achar outra vaga. Só entrando na segunda à esquerda para fazer o retorno.

Vocês estão me entendendo? A Vanessa não conversava durante o trajeto, não ouvia a música que estava tocando, não apreciava a paisagem. Confiar no meu senso de orientação, nem pensar. Não sei até hoje se ela me considera capaz de interpretar uma placa de trânsito. Era o tempo todo: entra na próxima, aqui é rua sem saída, por ali a gente vai se perder, não ultrapassa agora porque já já você vai ter que dobrar à direita, por que foi pegar essa avenida movimentada se a rua de trás está sempre livre?

O GPS salvou nosso casamento".

Até a Vanessa começou a rir. No minuto seguinte, os outros homens da mesa estavam reclamando da mesmíssima coisa, todos narrando o seu próprio filme de terror a cada saída com a esposa, inclusive aproveitando para contar exemplos bem recentes – de uma hora atrás – quando saíram de casa para encontrar os amigos naquele restaurante escondido numa ruazinha incógnita da Barra. Se tivessem encontrado um cartório no caminho, teriam parado para se divorciar.

Algumas mulheres não acharam tanta graça, deram uns resmungos, chamaram os maridos de exagerados, mas a Vanessa, desarmada, seguia rindo fácil, rindo à toa, rindo dela mesma, que é a risada mais generosa que há. Foi então que olhou para o marido com tanta cumplicidade e tanta graça, aquele olhar de quem pede desculpas por ser do jeito que é, que ele não teve alternativa a não ser abraçá-la e confidenciar à mesa, assim que as vozes baixaram o volume:

"Não foi só o GPS. Esse sorriso também ajudou".

Dizem que os dois se perderam na volta pra casa, mas aposto que foi de propósito.

15 de abril de 2012

Afogando-se num pires

A vida não é bolinho, quem não sabe? Mas é impressionante a quantidade de pessoas que consegue complicá-la ainda mais. Acreditam que só as grandes tragédias geram consequências, sem perceber que as pequenas bobeadas é que nos desgastam. Nem se dão conta da quantidade de facilitações que poderiam aplicar no dia a dia, tornando a vida bem mais producente.

Exemplos, exemplos.

Ligar-se minimamente num troço chamado relógio, pra começar. Se você tem hora marcada para uma consulta, hora marcada para fazer uma prova, hora marcada para estar no aeroporto, qual é a dificuldade de planejar o tempo que vai levar até lá? Basta de colocar a culpa no trânsito. É claro que você pode prever se vai levar meia hora ou 50 minutos para deslocar-se – o pior que pode acontecer é chegar antes, e aí nada como ter um livrinho à mão enquanto aguarda (já dizia Gabriel García Márquez: se cada um levasse um livro dentro da mochila, o mundo seria bem melhor).

As pessoas se afogam num pires. Por uma coisinha à toa se exaltam, começam discussões, perdem a paciência, ficam mal-humoradas. A maior parte delas poderia simplificar suas vidas, mas são especialistas em se atrapalhar, e transformam essas pequenas atrapalhações em crises existenciais. Ó, nada dá certo pra mim. Coitada.

Se alguém tem que ir até um endereço que não conhece, é tão fácil consultar o Google Maps antes de sair. No caso de gamar por uma blusa na vitrine, seria prudente saber se o saldo no banco comporta essa compra extra. Se a última garrafa de água mineral já está quase no fim, não custa passar num mercadinho e renovar o estoque pra não ser surpreendida por uma sede absurda no meio da noite. Se foi convidada para um festão na sexta-feira, não convém chegar ao cabeleireiro sem hora marcada. Se ofendeu um amigo, melhor pedir desculpas antes que se transforme numa mágoa séria. Se o filho tem dificuldades na escola, não esperar o último mês do ano letivo para tomar providências. Planejou uma viagem ao exterior? Confira o prazo de validade do passaporte (não no dia do embarque, gênio). Se o seu santo não cruza com o de um fulano, para que aceitar o convite para sentar à mesma mesa que ele? Se agendou uma entrevista de emprego, confira antes se sua camisa está limpa e passada. Marcou um compromisso para às 16h, não marque outro para às 17h no outro lado da cidade. Se está em guerra com a balança, ok, é difícil perder peso, mas continuar comendo uma caixa de bombons todas as noites não vai produzir milagres. É claro que sua cunhada vai se chatear se você expuser na sala as fotos do seu irmão com a ex-mulher dele. Pô.

Você deve ter lembrado de mais uns 200 exemplos da série "se posso complicar, por que facilitar?". São essas pequenas besteirinhas do cotidiano que, mal administradas, fazem com que nosso dia seja mais encrencado que o dos demais, mas quem vai se dignar a planejar um dia satisfatório se a ordem é deixar rolar?

E lá vai você rolando para dentro do pires, se afogando numa pocinha de nada.

15 de abril de 2012

A capacidade de se encantar

Muita gente diz que adora viajar, mas depois que volta só recorda das coisas que deram errado. Sendo viajar um convite ao imprevisto, lógico que algumas coisas darão errado, faz parte do pacote. Desde coisas ingratas, como a perda de uma conexão ou ter a mala extraviada, até xaropices menos relevantes, como ficar na última fila da plateia do musical ou um garçom mal-humorado não entender o seu pedido. Ainda assim, abra bem os olhos e veja onde você está: em Fernando de Noronha, em Paris, em Honolulu, em Mykonos. Poderia ser pior, não poderia?

Outro dia uma amiga que já deu a volta ao mundo uma dezena de vezes comentou que lamentava ver alguns viajantes tão blasés diante de situações que costumam maravilhar a todos. São os que fazem um safári na Namíbia e estão mais preocupados com os mosquitos do que em admirar a paisagem, ou que estão à beira do mar numa praia da Tailândia e não se conformam de ter esquecido no hotel a nécessaire com os medicamentos, ou que não saboreiam um prato espetacular porque estão ocupados calculando quanto terão que deixar de gorjeta.

Não saboreiam nada, aliás. Estão diante das geleiras da Patagônia e não refletem sobre a imponência da natureza, estão sentados num café em Milão e não percebem a elegância dos transeuntes, entram numa gôndola em Veneza e passam o trajeto brigando contra a máquina fotográfica que emperrou, visitam Ouro Preto e não se emocionam com o tesouro da arquitetura barroca – mas se queixam das ladeiras, claro.

Vão à Provence e torcem o nariz para o cheiro dos queijos, olham para o céu estrelado do Atacama sofrendo com o excesso de silêncio, chegam em Trancoso e reclamam de não ter onde usar salto alto, viajam para a Índia sem informação alguma e aí estranham o gosto esquisito daquele hambúrguer: ué, não é carne de vaca, bem? Aliás, viajar sem estar minimamente informado sobre o destino escolhido é bem parecido com não ir.

Estão assistindo a um show de música no Central Park, mas não tiram o olho do Ipad. Vão ao Rio, mas têm medo de ir à Lapa. Estão em Buenos Aires, mas nem pensar em prestigiar o tango – "programa de velho!". São os que olham tudo de cima, julgando, depreciando, como se o fato de se entregar ao local visitado fosse uma espécie de servilismo – típico daqueles que têm vergonha de serem turistas.

É muito bacana passar um longo tempo numa cidade estrangeira e adquirir hábitos comuns aos nativos para se sentir mais próximo da cultura local, mas quem pode fazer essas imersões com frequência? Na maior parte das vezes, somos turistas mesmo: estamos com um pé lá e outro cá. Então, estando lá, que nos rendamos ao inesperado, ao sublime, ao belo. De nada adianta levar o corpo para passear se a alma não sai de casa.

22 de abril de 2012

Briga de rua

Estava voltando da minha caminhada habitual, de manhã. Foi então que vi um carro embicado na entrada da garagem de um edifício, com as quatro portas abertas, e antes que eu achasse estranho, comecei a ouvir gritos. Ao lado do carro, uma moça segurava um menino no colo, um garoto de uns quatro anos que chorava muito. Chorava de medo e susto: sua mãe berrava com seu pai. Um pai igualmente descontrolado que a impedia de entrar no prédio com a criança. O que havia acontecido? Não sei, não os conheço, não consigo imaginar o que motivou esse barraco, só sei que fiquei em choque diante da cena: uma mulher no auge da sua fúria, histérica, ordenando que aquele homem desaparecesse, que sumisse, e o homem chorando e ao mesmo tempo segurando-a pelo braço, até que ela se desvencilhou e deu um tapão na cara dele, e outro, e a criança no colo apavorada, e eu parada a poucos metros de distância, sem saber se acudia, se fugia, sem um celular para chamar alguém – vá que ele esteja armado? Aquilo poderia terminar em tragédia. A gritaria dos personagens de Avenida Brasil, em comparação, pareceria um coral de querubins.

Com a ingenuidade que me é característica, cheguei a pedir, parem com isso, conversem depois, olhem as crianças, e foi então que me dei conta de que elas estavam mesmo no plural, havia outra criança presa a uma cadeirinha dentro do carro, uma menina de não mais que dois anos, que chorava também. A essa altura outros transeuntes pararam, circundamos o casal, mas todos sem ação, imobilizados pelo ditado "em briga de marido e mulher não se mete a colher", mas não se mete mesmo? Uma senhora tentou tirar o menino do colo da mãe para que ele não recebesse um safanão sem querer, mas o menino, lógico, esticou os braços e quis voltar, a despeito de todos os riscos que nem sabia que estava correndo, e o que mais me impressionava nem era aquele homem desfigurado, impedindo a passagem dela, nem o menino que chorava diante de uma cena que jamais irá esquecer, mas a mulher, a mulher que não chorava, e sim berrava "NÃO TOCA EM MIM!", berrava "SAI DA MINHA FRENTE!", berrava e batia naquele homem que era duas vezes o seu tamanho, berrava de uma maneira surtada, assustadora, com uma voz que nem parecia vir dela, mas da fera que a habitava, berrava com uma raiva e um tormento que não podia ser maior. Ela havia chegado ao seu limite, dali em diante ela iria matá-lo, se matá-lo fosse possível.

Foi então que entendi como acontecem esses crimes passionais que ocorrem longe dos nossos olhos, entre quatro paredes: por algum motivo, um homem ou uma mulher, ou ambos, tornam-se irracionais. Não se escutam, não conversam, não preservam os filhos, não percebem o entorno, viram dois selvagens, até que um deles escape ou morra.

Ela escapou. Um rapaz interveio, segurou o homem, e ela entrou no prédio com as duas crianças. Perdida a batalha, ele ficou socando o chão, fora de si. Tudo isso numa das avenidas mais movimentadas da cidade, às 11 horas da manhã. Voltei para casa arrasada. Tenho o estômago fraco para a estupidez e para a brutalidade, descontroles emocionais me parecem terrivelmente ameaçadores. Nunca saberei quem era a real vítima da história, quem estava com a razão, e não estranharia se hoje os encontrasse de mãos dadas, com as pazes feitas, que isso é mais comum do que se pensa. Mas a violência do ato existiu, e foi testemunhada por duas crianças.

Na verdade, por três crianças. O mundo adulto, ali, me fechava as portas.

02 de maio de 2012

Os benefícios de não ser o melhor

Meu pai sempre jogou tênis, desde que me conheço por gente. Lembro de uma vez em que ele comentou que o adversário ideal é aquele que possui o mesmo nível, mas que se fosse preciso escolher entre jogar com alguém melhor ou com alguém pior do que ele, preferiria jogar com alguém melhor, porque gratificante não era vencer fácil aquele que sabe menos, e sim aprender com quem te exige algum esforço.

É um verbo em desuso que merece ser revitalizado: aprender. A verdadeira postura competitiva não é a daquele cara que almeja atingir o topo de qualquer maneira, e sim daquele que extrai de um superior o estímulo para encontrar o próprio caminho para vencer a si mesmo. Porque não são poucos nossos adversários internos: a ignorância, o comodismo, a ferrugem. É preciso treinar bastante para flexibilizar os movimentos todos: os do corpo e os da mente. E dessa forma avançar, sempre buscando mais, numa estrada hipoteticamente sem fim.

Prefiro ler livros de quem escreve bem melhor do que eu. De quem tem mais a dizer do que eu. Além do prazer que isso me dá, não vejo outra maneira de aprimorar meu trabalho.

Prefiro conversar com pessoas mais vividas que eu, mais inteligentes, com melhores histórias para contar.

Talvez algumas delas sintam o mesmo em relação a mim (pensem que sou eu a mais-mais), porém o que importa não é essa quantificação, que, aliás, é totalmente subjetiva. O que estimula é ter consciência de o quanto a nossa vida se enriquece com a experiência do outro. Não por acaso, adoro programas de entrevistas, onde posso enxergar a emoção do entrevistado, seu humor, sua ironia, sua indignação – entrevistas por escrito nem sempre destacam essas sutilezas.

Adoro jantar com quem conhece mais gastronomia do que eu, salientando temperos que normalmente eu não perceberia. Gosto de viajar com quem já viajou bastante e desenvolveu um olhar para certos lugares que para mim é novo. Prefiro dançar com quem sabe me conduzir. Mas com a condição de que esses iluminados transmitam sua sabedoria naturalmente, sem pedantismo – senão vira aula, perde a graça. Gosto de aprender sem que o outro perceba que está me ensinando.

Claro que competidores profissionais devem tentar eliminar seu oponente – menos um na escalada ao pódio. Nenhum atleta profissional treina tanto, investe tanto, para não se importar em perder em nome do benefício do aprendizado. Que aprendizado, o quê. Neymar, Cielo, Massa, não desapontem a torcida. Mas amadores deveriam perceber que, em vez de se fingirem de campeões duelando com derrotados, mais vale tornarem-se melhores com a passagem do tempo, através de vitórias conquistadas no silêncio da observação. É um troféu oferecido por você a você mesmo – todos os dias.

05 de maio de 2012

As mães e os filhos do mundo

Meu filho foi morar com o pai nos Estados Unidos, me disse uma conhecida. A minha guria está em Brasília fazendo um curso, disse outra. Meu mais moço foi passar seis meses na Austrália e, quando estava por voltar, conheceu uma espanhola e agora mora com ela em Mallorca.

Até um tempo atrás, poucos podiam mandar os filhos estudar fora do país ou bancar alguma experiência extracurricular, porém hoje as frases acima se tornaram constantes: a economia do país se fortaleceu, as oportunidades de bolsas para o exterior aumentaram e a mentalidade evoluiu. Já não se viaja para lavar pratos, e sim para se aprimorar de uma forma mais consistente.

Uma vez lá, a garotada se esparrama. Arranjam empregos fixos, iniciam relações amorosas, conseguem vistos de permanência, e vão ficando. E as mães também vão ficando – cada vez mais saudosas e acostumadas, pela força das circunstâncias, a viverem separadas dos filhos.

Todas as mulheres, assim que engravidam, são alertadas: "Os filhos não são dos pais, e sim do mundo". Acham a ideia bonita, poética, porém nunca imaginaram que a sentença viria a ser tão real, além de metafórica.

Gostamos de tê-los embaixo da asa, sentados à mesa durante as refeições, dormindo tranquilos no quarto ao lado. Porém, a sina de "serem do mundo" cedo ou tarde se confirma. Durante a infância, a casa materna ainda se assemelha ao útero, mas assim que meninas menstruam e nascem os primeiros pelos nos meninos, começa o processo de valorização da própria identidade. E se eles puderem fazer isso longe da vista dos pais, tanto mais autêntica parecerá essa busca. Ainda mais agora que o mapa-múndi se tornou facilmente alcançável, não só por avião, mas por Skype. Mãe, a gente vai se falar todo dia, não chore.

E lá vai a Patricia fazer um curso de yoga em Buenos Aires, a Victoria estudar belas-artes em Paris, a Marcia trabalhar com marketing em Londres, o Pedro cursar teatro no Rio, o Theo estudar cinema em Nova York, o João fazer um doutorado em Portugal, a Lina estagiar na Bahia numa empresa de design gráfico, o Carlos trabalhar num restaurante em São Paulo – não como lavador de pratos, e sim como assistente do chef.

É o que queremos para eles: que cresçam, aprendam, se realizem. Não demora, serei mais uma dessas mães que terá que matar a saudade pelo computador. O que se pode fazer? Confiar que a base dada quando eram pirralhos seja suficiente para que se tornem cidadãos honestos e bem-sucedidos em qualquer parte do planeta. Em vez de choramingar, ter orgulho de vê-los correndo atrás dos seus sonhos (e não contar para ninguém que, em segredo, a gente se pergunta: por que raios os sonhos não podem estar logo ali na Borges de Medeiros, na avenida Ipiranga, no Moinhos de Vento?).

O mundo é do tamanho das ambições dos nossos filhos. E do nosso amor por eles, onde quer que estejam. Nesse dia das mães, meu desejo a todas: que a conexão não caia. Nem hoje, nem nunca.

13 de maio de 2012

Carisma e inocência

Nesses tempos em que originalidade é mercadoria em falta, em que quase nada nos surpreende, foi notícia fresca saber que o ator Wagner Moura iria se apresentar com Dado Villa-Lobos e Marcelo Bonfá em dois shows promovidos pela MTV para comemorar os 30 anos do Legião Urbana, banda de rock que embalou a adolescência e juventude de uma geração inteira (a minha, inclusive) e que muitos consideram como a melhor de todos os tempos.

Não são comuns essas substituições, menos ainda quando o substituído é um sujeito idolatrado e messiânico como Renato Russo, e muito menos ainda quando não é um cantor profissional que assume o microfone. Alguém imagina o Robert Downey Jr. cantando ao lado de Krist Novoselic num tributo ao Nirvana? Eu não me incomodaria se a moda pegasse.

Wagner Moura é vocalista de uma banda amadora chamada Sua Mãe, mas o convite não veio daí, e sim por causa da cena em que cantou "Será" no filme *Vips*: o personagem protagonista dava uma canja num bar, entre um golpe e outro. Foi o que bastou para acender a lampadinha sobre a cabeça dos idealizadores da homenagem. É ele.

Correndo todos os riscos que as comparações provocam, Wagner topou, e que bom que topou. Deve ter pensado: "Quantas chances desperdicei quando o que eu mais queria era provar pra todo mundo que eu não precisava provar nada pra ninguém". Dançou feito um possuído, incorporou maneirismos do Renato, amou a plateia como se não houvesse amanhã e desafinou uma barbaridade sem perder o sorriso no rosto e o olhar arrebatado. Se divertiu a valer, que é pra isso que serve a vida. Estava vivenciando cada verso das músicas que cantava: "Quem me dera ao menos uma vez, como a mais bela tribo, dos mais belos índios, não ser atacado por ser inocente".

Vibro com os inocentes, torço pelo time deles. São pessoas que saem da sua zona de conforto e testam-se em novos papéis sem queimar os neurônios. Nessa hora, somos todos atores sem texto, sem direção e sem rede de segurança, agindo por instinto e abraçando loucuras. Wagner gosta de cantar, é fã do Legião, tem familiaridade com o palco e viu no convite uma chance de fazer outro tipo de teatro. Não podia dar errado, mesmo com todas as desafinações previstas. Não podia porque as coisas feitas com espontaneidade, sem almejar algo além do momento vivido, já saem em vantagem. E porque Renato Russo havia cantado essa pedra quase três décadas atrás: "Quem um dia irá dizer que existe razão nas coisas feitas pelo coração? E quem irá dizer que não existe razão?"

Poesia. É ela quem sempre nos salva do ridículo e dá à vida uma transcendência cada vez mais necessária.

06 de junho de 2012

Construção

Quem não conhece o trabalho do poeta e escritor Fabrício Carpinejar, está em tempo. Abro esta crônica com uma citação extraída da ótima entrevista que ele deu para a revista *Joyce Pascowitch*: "O início da paixão é estratosférico, as pessoas não param quietas exibindo tudo que podem fazer. Depois passam a confessar o que realmente querem. A paixão é mentir tudo o que você não é. O amor é começar a dizer a verdade".

É mais ou menos isso. No começo, a sedução é despudorada, inclui, não diria mentiras, mas um esforço de conquista, uma demonstração quase acrobática de entusiasmo, necessidade de estar sempre junto, de falarem-se várias vezes por dia, de transar dia sim, outro também. A paixão nos aparta da realidade, é um período em que criamos um universo paralelo, é uma festa a dois em que, lógico, há sustos, brigas, desacordos, mas tudo na tentativa de se preparar para algo muito maior. O amor.

É aí que a cobra fuma. A paixão é para todos, o amor é para poucos.

Paixão é estágio, amor é profissionalização. Paixão é para ser sentida; o amor, além de sentido, precisa ser pensado. Por isso tem menos prestígio que a paixão, pois parece burocrático, um sentimento adulto demais, e quem quer deixar de ser adolescente?

A paixão não dura, só o amor pode ser eterno. Claro que alguns casais conseguem atingir o sublime – amarem-se apaixonadamente a vida inteira, sem distinção das duas "eras" sentimentais. Mas, para a maioria, chega o momento em que o êxtase dá lugar a uma relação mais calma, menos tórrida, quando as fantasias são substituídas pela realidade: afinal, o que se construiu durante aquele frenesi do início? Uma estrutura sólida ou um castelo de areia?

Quando a paixão e o sexo perdem a intensidade é que aparecem os outros pilares que sustentam a história – caso eles existam. O que alicerça de fato um relacionamento são as afinidades (não podem ser raras), as visões de mundo (não podem ser radicalmente opostas), a cumplicidade (o entendimento tem que ser quase telepático), a parceria (dois solitários não formam um casal), a alegria do compartilhamento (um não pode ser o inferno do outro), a admiração mútua (críticas não podem ser mais frequentes que elogios), e principalmente, a amizade (sem boas conversas, não há futuro). Compatibilidade plena é delírio, não existe, mas o amor requer um mínimo de consistência, senão o castelo vem abaixo.

O grande desafio dos casais é quando começa a migração do namoro para algo mais perene, que não precisa ser oficializado ou ter a obrigação de durar para sempre, mas que já não se permite ser frágil. Claro que todos querem se apaixonar, não há momento da vida mais vibrante. Mas que as "mentirinhas" sedutoras lá do começo tenham a sorte de evoluir até se transformarem em verdades inabaláveis.

10 de junho de 2012

Nada é suficiente

Geralmente, quando uma peça está completando sua primeira hora de duração, as pessoas começam a se movimentar na cadeira, numa linguagem corporal que avisa: tempo esgotado. Já fizemos nossa parte, viemos ao teatro, então, por gentileza, não abusem da nossa paciência que estamos com fome e queremos jantar. Pois quem assiste a *A primeira vista*, com Drica Moraes e Mariana Lima, além de não se inquietar na cadeira, tem vontade de perguntar assim que o espetáculo termina: "Já?".

Eu, pelo menos, lamentei não ficar até a meia--noite assistindo a essas duas incríveis atrizes num levíssimo exercício de atuação que envolve tudo o que mais prezo na vida: a simplicidade, o bom humor, o afeto e a poesia – não necessariamente o poema em verso, mas o olhar poético que deveríamos resgatar todos os dias para viver com menos embrutecimento e mais ternura.

Falou em leveza e em bom humor: ah, só pode ser abobrinha. Longe disso. A peça é sofisticada em sua economia, refina os sentidos e faz um convite à reflexão: "Nada é suficiente". É a frase que norteia o texto do canadense Daniel MacIvor: "Nada é suficiente". Que leitura você faz disso? Que nada nos serve?

Que queremos sempre mais? Para muitas pessoas, é assim. Elas mantêm a angústia da perseguição. Nem sabem o que estão perseguindo, só sabem que não conseguem se satisfazer com o que têm.

Pois a frase pode ser lida de outro modo: o nada basta. Não precisamos de tanta racionalização, de tantos planos, de intermináveis discursos e indiscrições para ocupar nosso vazio. O nada é o silêncio. O nada é o sentimento pelo sentimento. O nada é a contemplação da natureza. O nada é a paz. Essa paz que tanto desejamos, sem saber o que fazer com ela quando a alcançamos.

Cada um entende a frase conforme o momento que está vivendo. Mesmo reconhecendo que a segunda leitura é meio odara para esses tempos frenéticos, é com ela que ando comungando atualmente. Menos blá blá blá, mais uquelele – o instrumento usado pelos havaianos cujo som é quase infantil e que tem na peça sua função enternecedora. Uma vida unplugged, não é um sonho?

Para mim, foi. Foi um sonho ver duas atrizes afinadíssimas entre si, dirigidas pelo competente Enrique Diaz e extremamente bem-iluminadas – em todos os sentidos. Drica e Mariana simplesmente interpretam a inutilidade de ficarmos interpretando tudo. Genial.

10 de junho de 2012

Coragem

"A pior coisa do mundo é a pessoa não ter coragem na vida." Pincei essa frase do relato de uma moça chamada Florescelia, nascida no Ceará e que passou (e vem passando) poucas e boas: a morte da mãe quando tinha dois anos, uma madrasta cruel, uma gravidez prematura, a perda do único homem que amou, uma vida sem porto fixo, sem emprego fixo, mas sonhos diversos, que lhe servem de sustentação. Ela segue em frente porque tem o combustível que necessitamos para trilhar o longo caminho desde o nascimento até a morte. Coragem.

Quando eu era pequena, achava que coragem era o sentimento que designava o ímpeto de fazer coisas perigosas, e por perigoso eu entendia, por exemplo, andar de tobogã, aquela rampa alta e ondulada em que a gente descia sentada sobre um saco de algodão ou coisa parecida. Por volta dos nove anos, decidi descer o tobogã, mas na hora agá, amarelei. Faltou coragem. Assim como faltou também no dia em que meus pais resolveram ir até a Ilha dos Lobos, em Torres, num barco de pescador. No momento de subir no barco, desisti. Foram meu pai, minha mãe e meu irmão, e eu retornei sozinha, caminhando pela praia, até a casa da vó.

Muita coragem me faltou na infância: até para colar durante as provas eu ficava nervosa. Mentir para pai e mãe, nem pensar. Ir de bicicleta até ruas muito distantes de casa, não me atrevia. Travada desse jeito, desconfiava que meu futuro seria bem diferente do das minhas amigas audaciosas.

Até que cresci e segui medrosa para andar de helicóptero, escalar vulcões, descer corredeiras d'água. No entanto, aos poucos fui descobrindo que mais importante do que ter coragem para aventuras de fim de semana, era ter coragem para aventuras mais definitivas, como a de mudar o rumo da minha vida se preciso fosse.

Enfrentar helicópteros, vulcões, corredeiras e tobogãs exige apenas que tenhamos um bom relacionamento com a adrenalina. Coragem, mesmo, é preciso para viajar sozinha, terminar um casamento, trocar de profissão, abandonar um país que não atende nossos anseios, dizer não para propostas vampirescas, optar por um caminho diferente, confiar mais na intuição do que em estatísticas, arriscar-se a decepções para conhecer o que existe do outro lado da vida convencional. E, principalmente, coragem para enfrentar a própria solidão e descobrir o quanto ela fortalece o ser humano.

Não subi no barco quando criança – e não gosto de barcos até hoje. Vi minha família sair em expedição pelo mar e voltei sozinha pela praia, uma criança ainda, caminhando em meio ao povo, acreditando que era medrosa. Mas o que parecia medo era a coragem me dando as boas-vindas, me acompanhando naquele recuo solitário, quando aprendi que toda escolha requer ousadia.

17 de junho de 2012

Último pedido

O nome dele é Marco Cardoso Moreira, tem 50 anos e foi condenado à morte por tráfico internacional de drogas. Ao viajar para a Indonésia em 2003, foram encontrados mais de 13 quilos de cocaína na armação de um paraglider que ele transportava na bagagem, e desde então segue preso, aguardando a execução. Muitas tentativas ainda estão sendo feitas pelo nosso governo para que Marco não sofra uma pena tão radical, mas chegou a ser anunciado num jornal de Jacarta que o brasileiro irá, nos próximos dias, enfrentar um pelotão de fuzilamento, junto a dois paquistaneses igualmente condenados por aquele país.

Pena de morte é sempre um assunto difícil e controverso. Ainda assim, um detalhe dessa tragédia me fez sorrir – pois é, acontece de a gente, às vezes, encontrar graça nas desgraças. A reportagem que li dizia que os três presos tiveram a chance de fazer um último pedido. Os dois paquistaneses pediram para conversar, pela última vez, com seus familiares. O brasileiro pediu uma garrafa de Chivas.

Não posso garantir a veracidade desse pormenor. Tem muito engraçadinho que escreve o que bem entende: dane-se o fato, publique-se a versão, caso ela pareça mais interessante. Mas, mesmo que não tenha sido bem assim, poderia ter sido, e fiquei pensando que um último pedido é um epitáfio em vida.

Diante da morte iminente, pedir para falar pela última vez com os familiares demonstra o desejo digno de trocar abraços, de se desculpar pelas besteiras cometidas e, vá saber, de revelar aos parentes a senha da sua conta secreta. Emocionante. Mas eu compreendo o sujeito que, depois de tantos anos isolado num país distante, aguardando um veredito que, se o livrar do fuzilamento, o conduzirá à prisão perpétua, já não conserva intenções nobres. Com o diabo bufando em seu cangote e a contagem regressiva chegando perigosamente perto do zero (...6, 5, 4, 3...) ele tem o direito de mandar às favas seus arrependimentos e de só pensar em entornar uma garrafa de uísque antes de sair do ar.

Fausto Wolff faria o mesmo. Keith Richards, nem se fala. Janis Joplin. Pablo Picasso. O que não falta é gente que pediria sua dose com três pedras de gelo – e um amendoinzinho para acompanhar, se não for abuso.

Eu? Daqui onde estou, usufruindo de liberdade e nenhum paredão à vista, tenho a impressão de que agiria com o mesmo coração singelo dos paquistaneses, mas é muito fácil se atribuir virtudes quando não é o nosso destino que está na reta. Por isso é que esta cronista pisca o olho para Marco Moreira e não o condena, ao menos não pelo Chivas. Uma despedida inspirada em Humphrey Bogart pode não merecer a benção do Vaticano, mas é sempre mais autêntica e menos dramática. Não há de ser pecado demonstrar alguma insolência no final.

27 de junho de 2012

Para Woody Allen, com amor

Tinham me dito que seu novo filme era meio bobinho, com piadas requentadas e que não acrescentava grande coisa à sua carreira. Querido cineasta, quem o julga com severidade o faz por amor também – admira tanto sua obra que não se contenta com menos do que um *Match Point* ou um *Meia-noite em Paris* – porém ganharíamos mais se julgássemos você pelo seu estado de espírito, que tem sido transparente e inspirador. Espero não estar sendo presunçosa, mas percebo que, depois de muitos anos procurando entender e diagnosticar as neuroses humanas – as suas, inclusive – você deu o serviço como feito e agora está apenas se divertindo enquanto seu lobo não vem.

Não vejo maneira mais inteligente de envelhecer. Deixar de lado a obsessão por originalidade e dar seu recado com as ferramentas que domina é uma forma de se libertar, e a liberdade é um dom para poucos. Você sabe que um dos assuntos do seu novo filme, que as pessoas perderam a noção do ridículo ao valorizarem a vida íntima dos "famosos" (e os "famosos" mais ainda ao se deixarem seduzir por essa falácia) já está datado. No entanto, filmando em Roma, terra dos paparazzi, como não aproveitar a piada? Acreditar-se especial nos torna patéticos. Somos todos uns pobres diabos tentando enfrentar a morte iminente com alguma ilusão tirada da cartola. Você é um homem talentoso com uma extensa folha de serviços prestados ao cinema mundial, mas o fato de se reconhecer comum o torna ainda maior. Outro dia ouvi do grande Gilberto Gil, ao completar 70 anos: "Me dou cada vez menos importância". Ah, que presente para si mesmo. Somos todos geniais cantando no chuveiro – quando passamos a acreditar seriamente que merecemos veneração, lá se vai um pouco da nossa essência.

Como diz o personagem de Alec Baldwin, maturidade talvez não seja sinônimo de sabedoria, e sim de exaustão. Quanto mais o tempo passa, mais se torna necessário simplificar a vida. O que não impede de estarmos abertos para algumas surpresas. Escutar mais do que falar, aprender mais do que ensinar, enxergar mais do que aparecer – não seria o ideal? Lutar contra o próprio ego não é fácil, mas é o único jeito de mantermos uma certa sanidade e paz de espírito.

Caro Woody, minha admiração continua gigantesca. Não só por todos os filmes brilhantes já realizados, mas também por você ter alcançado essa visão desestressada e zombeteira da vida maluca que levamos todos. Por você conseguir, a despeito de todos os elogios e prêmios recebidos, ter a dimensão exata do seu tamanho no mundo. De não trocar seus prazeres pessoais pela ânsia de ter mais visibilidade. Por filmar em diferentes cidades do planeta, extraindo delas sua beleza genuína, mas sem deixar de unificar as fraquezas e grandezas humanas, que são iguais em qualquer lugar.

O resto é gordura desnecessária. Longa vida aos que conseguem se desapegar do ego e ver a graça da coisa.

11 de julho de 2012

O ENCURTAMENTO DAS DURAÇÕES

Quanto tempo leva para superar a dor da perda? Quanto tempo para digerir uma rejeição? Absorver que um sonho terminou? Esquecer uma frustração? Uma mágoa de infância? Um trauma? Uma demissão? Os psicanalistas provavelmente responderão que é preciso respeitar o ritmo de cada um. Há quem seja rápido na retomada da vida, os legítimos representantes da seita "A fila anda". E há os mais lentos, que necessitam de um acompanhamento mais intensivo. Não há como decretar: dois dias, dois meses, dois anos.

Só que a maioria da população não procura psicanalistas. Não tem dinheiro pra isso, e muito menos disponibilidade. As pessoas não podem parar no meio do dia para se consultar, pois trabalham insanamente, e tampouco possuem tempo para, segundo elas, desperdiçar. Sabe-se que análises são demoradas, que buscam e rebuscam nossa intimidade, que não é num estalar de dedos que se atenuam as dores internas. E qualquer coisa que demore, hoje em dia: não, obrigada.

Que inquietação. O passado e o futuro são dois períodos que já não interessam: cultua-se o presente como nunca antes. O que vale é este momento, agora, o instante vivido. Tudo digitalizado, virtual, instantâneo. Quem ainda espera dias por uma resposta? Meses por uma solução? Na vida burocrática, governamental, a demora ainda é praxe e se vale da morosidade para arrecadar mais e mais dinheiro, mas no plano pessoal, encurtaram-se as durações. Vive-se tudo de forma mais compacta, o começo e o fim mais próximos do que jamais foram. E acabamos impregnados dessa urgência, dessa vontade de resolver todas as tranqueiras com a maior agilidade possível.

Porém, há tranqueiras e tranqueiras.

Você consegue resolver pendências profissionais de imediato, consegue tomar decisões práticas sem se alongar: parabéns. Salve a produtividade. Mas não foram essas as questões levantadas no início desse texto. Falávamos de tristezas, de cicatrizar feridas, de aceitar o destino que nos coube, de assimilar mudanças. Essas trocas de estado de espírito são como violências físicas, porém internas: seria ótimo se pudéssemos passar uma pomadinha, dar pontos, colocar uma tala para proteger nossas fraturas invisíveis. Já pensou? Uma assopradinha e estamos prontos para outra.

Sentimentos não são regidos por megabytes por segundo, não se vinculam a relógios, não obedecem a leis objetivas – é o curso da natureza que manda. E a natureza é surda e cega para o desatino. Exige a introspecção devida, sem a qual nada se resolve, só se mascara.

Diante da dor emocional, só há uma ordem a respeitar: paciência. De nada adianta inventar alegrias fajutas e se oferecer para a cobiça do mundo sem antes estar com a alma serenada e forte. É preciso saber esperar, do contrário a gente se atrapalha e só reforça a miséria existencial que preenche as madrugadas. Basta de tanta gente evitando pensar, evitando chorar, evitando olhar para dentro de si mesmo, sorrindo de um jeito tão triste que só faz demorar ainda mais o reencontro com o sorriso verdadeiro – aquele aguardando a hora certa de voltar.

15 de julho de 2012

Falando sozinho

Estava caminhando pelas ruas do Rio quando percebi um fenômeno que não é nenhuma nova tendência, ao contrário, é hábito antigo, mas que só agora venho prestando verdadeira atenção. Refiro-me às pessoas que falam sozinhas. Não só falam, aliás. Resmungam, xingam, discursam.

Passei a me interessar pelo fato porque, de uns anos pra cá, minhas filhas deram para me alertar: mãe, tu estás falando sozinha. Era só o que me faltava, meninas, estou aqui em frente ao computador, lendo um texto aos sussurros, só isso. E quando acontece na cozinha, mãe? E no corredor do apartamento? Ah, vocês andam ouvindo coisas.

Mas sucumbi às evidências: falo sozinha. Um pouquinho em casa, e infinitamente mais quando estou caminhando pelas avenidas e parques da cidade, onde crio diálogos inteiros na minha cabeça. Sem que eu perceba, meu pensamento sai pela boca. Não raro, gesticulo também. Tudo com a maior discrição – espero.

Quando estou dirigindo meu carro, a mesma coisa. Canto quando há música e falo quando há silêncio. Tenho certeza de que falo apenas com meus botões, falo quieta, mas já fui flagrada em delito: "Mãe, outra vez?".

O que eu falo, no entanto, ninguém escuta direito. Não chego àquele nível de maluquice que acomete andarilhos que falam sozinhos num volume tão audível que a gente chega a se perguntar se estariam mesmo sozinhos. Estarão?

Desvendado o mistério. Estamos falando com ex-maridos, com chefes insuportáveis, com amigos que não entenderam nossas boas intenções, com personagens criados pela nossa imaginação, com fantasmas, principalmente com estes, os que nos assombram, vivos ou mortos. Há sempre um interlocutor invisível que precisa ouvir poucas e boas ou nos atender num confessionário ambulante, na calçada mesmo, em meio às buzinas e veículos que passam tão ligeiro que nem nos percebem. Só os porteiros dos prédios é que reparam e se divertem.

O ator Caio Blat disse em entrevista recente que fala muito sozinho, e que considera isso uma espécie de psicodrama – deu à nossa ansiedade um nome mais refinado. Mas está certo, é psicodrama, sim, concordo em defesa de todos os tagarelas solitários. Estamos ensaiando uma discussão, uma argumentação, um desabafo, que depois pode nem acontecer, o caso já ficou resolvido ali mesmo, enquanto se cruzava a faixa de pedestres. Falar sozinho é um ato de generosidade, antes de tudo. Vá saber o estrago que causaríamos se falássemos pra valer, olho no olho, tudo aquilo que mantemos guardado, todo o palavreado da raiva, do rancor e do desassossego que fica confinado dentro. Melhor soltar as frases ao vento.

22 de julho de 2012

Os solitários

Mateus Meira, que disparou contra a plateia de um cinema de São Paulo, em 1999, era um cara sem amigos, não frequentava grupos. Wellington Moreira, que matou alunos de um colégio em Realengo, não tinha namorada e quase nunca saía de casa. Anders Breivik, o norueguês que matou 77 jovens na Ilha de Utoya, só se relacionava com alguns poucos fanáticos como ele, pela internet. James Holmes, que semana passada matou 12 pessoas durante a exibição do novo filme do Batman, nos Estados Unidos, era considerado um sujeito recluso.

Não significa que cada garoto trancado em seu quarto vá amanhã ter seu dia de psicopata, mas coincidência não é. Estudos revelam que grande parte dos que cometem essas atrocidades são depressivos e, por consequência, se isolam da sociedade. Muitos não buscam tratamento, consideram-se apenas "na deles". E os pais acabam por respeitar seu jeito de ser. E os colegas não os chamam para as festas. E as garotas os rejeitam e namoram meninos mais populares. Apartados de todos, eles vão se confinando num cativeiro mental e social, passando a levar mais em conta a fantasia do que a realidade. Mas sofrem com a exclusão, ou não desenvolveriam uma personalidade tão vingadora.

Não se mata para brincar. Quem atira, está atirando em inimigos imaginários, oriundos da conhecida "oficina do diabo".

São tragédias de exceção, não acontecem todo dia, mas há solitários que, em grau bem menor de maluquice, também se transferem para universos paralelos e alimentam ideias absurdas que, por não serem discutidas com amigos e parentes, acabam fermentando e levando a desastres. No máximo, buscam na internet pessoas tão isoladas quanto eles, que confirmam suas sandices. Se discutissem com quem realmente os conhece, com quem os ama, seriam questionados e viveriam a experiência da troca de ideias e da orientação. Mas sozinhos entre quatro paredes, correm atrás da veneração garantida de outros outsiders.

Sempre que um filho nosso está com algum problema (sofrendo porque uma garota não quis sentar a seu lado na aula, ou com notas baixas, ou com espinhas, vá saber), é preciso se perguntar: ele tem amigos? Ele é convidado para aniversários, viagens, churrascos, jogos esportivos? Ou ele é um esquisitão que não quer saber de ninguém e ninguém dele? Porque se ele tem amigos de fato, os problemas provavelmente são típicos da idade, e não sintomas de uma desadaptação crônica.

Ter um ídolo não é ter um amigo. Conhecidos virtuais tampouco formam uma turma. Dizer "oi, tudo bom?" é só um cumprimento. Relacionar-se é outra coisa: exige tempo, dedicação e abertura para conviver com pessoas variadas e diversas, o que ajuda a formar uma identidade saudável.

Quem não se relaciona com os outros, pensa que se basta sozinho, mas não se basta: dentro da cabeça, dá trela a seus demônios, os únicos a quem escuta.

25 de julho de 2012

De onde surgem os amores

Uma amiga na casa dos 50 estava solteira há anos. Já tinha perdido a esperança de encontrar um novo namorado, e tampouco se sentia ansiosa por causa disso. Havia casado duas vezes, tinha um filho bacana e podia muito bem viver sem amor, essas mentiras que a gente conta pra nós mesmos. De qualquer forma, pra não perder o hábito, saía de vez em quando à noite, ia pra balada, se produzia bonitinha, vá que. Mas voltava invariavelmente sozinha pra casa. Até que um ex-paquera do tempo que ela era uma debutante fez contato – ele, depois de muitos anos morando no exterior, voltaria para o Brasil e gostaria de revê-la. Milagre by Facebook. Ela disse claro, imagina, vai ser ótimo, mas não sabia quando exatamente a promessa desembarcaria no Galeão. Seguindo sua vida, foi para a piscina do clube num sábado de manhã e lá, estando bem acima do peso, suada e com um biquíni do tempo das cavernas, num daqueles dias em que só falta a placa pendurada no pescoço dizendo "Não se aproxime", ela escutou seu nome sendo pronunciado por uma voz aveludada. Era o dito cujo, testemunhando in loco no que a debutante havia se transformado depois de tantos anos. Ela pensou na hora: esse cara vai sair em disparada. Ele pensou na hora: não desgrudo mais dessa mulher. E assim foi. Certa de que só com dieta, grife e chapinha atrairia olhares, ela conquistou um guapo no momento em que menos se sentia atraente.

Outra história. Atriz, loira, linda, olhos verdes, leva um fora do namorado. Passa dias com olheiras e inchaços de tanto chorar. Deprê em estágio avançado. A família organiza um almoço do tipo italiano, aberto ao público. Ela vai entupida de ansiolíticos e lá encontra um antigo conhecido com quem brincava na infância. Ele, recém-separado, mas inteiro. Ela, recém-separada, mas um trapo. Ficaram ali conversando, ela lamentando seu destino, desabafando sobre sua má sorte, quando, em meio a soluços, a mulher se engasga. Mas engasga feio. Engasga de quase morrer. Um vexame. Pelo menos uns dez parentes vieram esmurrar suas costas, e a coitada vertendo lágrimas sem conseguir respirar, roxa como uma berinjela, já encomendando a alma. Ela me conta: naquele dia eu havia saído de casa me sentindo horrorosa, e aquele engasgo piorou ainda mais a situação, eu parecia o demo convulsionando. Mas o amiguinho de infância não teve essa impressão. No dia seguinte telefonou para saber como ela estava passando, e estão casados há 15 anos.

Mais uma: depois de 21 anos de uma relação muito bem vivida, veio a separação amigável. Porém, mesmo sendo amigável, nunca é fácil sair de um casamento, ainda mais de um casamento que não era um inferno, apenas havia acabado por excesso de amizade. Ela pensou: acabou, agora é a hora do luto, normal, um recolhimento me fará bem. Não deu uma semana e um estranho tocou o número do seu apartamento no porteiro eletrônico. Ela não reconheceu a voz, o nome, não sabia quem era, e não deu trela. Ele tentou outra vez no dia seguinte: ela tampouco abriu a porta, achou que o cara havia se enganado de prédio. No terceiro dia, ela resolveu esclarecer pessoalmente o equívoco. Desceu até à portaria para convencer o insistente de que ela não era quem ele procurava. Era.

Do que se conclui: de onde muito se espera – boates, festas, bares – é que não surge nada. O amor prefere se aproximar dos distraídos.

05 de agosto de 2012

O PODER TERAPÊUTICO DA ESTRADA

"Viajar é um ato de desaparecimento", escreveu certa vez o americano Paul Theroux, um dos escritores mais bem-sucedidos na arte de narrar suas andanças pelo mundo. É uma frase ambígua, pois parece verdadeira apenas do ponto de vista de quem fica. O viajante realmente desaparece para nós – aliás, desaparecia, pois nesses tempos altamente tecnológicos ninguém mais consegue manter-se inalcançável, estamos todos a distância de uma teclada, não faz diferença se em Abu Dhabi ou em Mogi das Cruzes.

Já para aquele que parte, viajar não é um ato de desaparecimento. Ao contrário, é quando ele finalmente aparece para si mesmo.

Somos seres enraizados. Moramos a vida inteira na mesma cidade, mantendo um endereço fixo. Nossa movimentação é restrita: da casa para o trabalho, do trabalho para o bar, do bar para a casa, com pequenas variações de itinerário. Essa rotina vai se firmando gradualmente e um belo dia nos damos conta de que estamos vendo sempre as mesmas pessoas e conversando sobre os mesmos assuntos. Não há grande aventura ou descoberta no nosso deslocamento sistemático dentro desse microcosmo.

Isso, sim, soa como um desaparecimento. Onde foram parar as outras partes de nós que compõem o todo?

Viajar é sair em busca dos nossos pedaços para integralizar o que costuma ficar incompleto no dia a dia.

Assisti com entusiasmo a *On the Road*, adaptação do livro de Jack Kerouac, superbem filmado por Walter Salles, e também a *Aqui é o meu lugar*, em que Sean Penn, magistral, pra variar, interpreta um roqueiro decadente que sai pela estrada para acertar as contas com o passado do pai e encontra adivinhe quem? Ele mesmo, ora quem. É sempre assim. Há em nós uma persona oculta que só se revela quando a gente se põe em movimento.

Road movies me encantam porque dão protagonismo a tudo que alimenta nossa fantasia: a liberdade, a música, a poesia, a natureza e o tempo estendido, sem o aprisionamento dos relógios e dos calendários – viajar é uma jornada simultânea de ida e volta, nosso passado e nosso futuro marcando um encontro no asfalto. Ou sou eu que fico meio chapada só de falar nisso.

On the Road, mesmo que em certos pontos convide para um cochilo, tem momentos arrebatadores, como a dança sensual de Kristen Stewart com Garrett Hedlund, o boogie woogie de Slim Gaillard num contagiante número de jazz, e um final que emociona, se não a todos, certamente aos que reverenciam a literatura. Já o filme com Sean Penn é uma viagem fragmentada para longe do lugar comum – nada é óbvio, nada é linear, nada é o que se espera. E não bastasse ter Frances McDormand no elenco e a trilha sonora de David Byrne, ainda conta com a participação significativa, tipo cereja do bolo, do ator Harry Dean Stanton, que nos remete ao emblemático *Paris, Texas*, uma forma de lembrar que todas as estradas se cruzam em algum ponto.

Que seus pais não me ouçam, mas se você está entre iniciar uma terapia ou se largar no mundo, comece experimentando a segunda opção. Ambas levam para o mesmo lugar, mas num consultório não tem vento no rosto nem céu estrelado. Se não funcionar, aí sim, divã.

08 de agosto de 2012

Não parecia eu

Já deve ter acontecido com você. Diante de uma situação inusitada, você reage de uma forma que nunca imaginou, e ao fim do conflito se pega pensando: que estranho, não parecia eu. Você, tão cordata, esbravejou com o namorado. Você, tão explosivo, contemporizou com seu sócio. Você, tão pudica, barbarizou na boate. Você, tão craque, perdeu três gols feitos na mesma partida. Você, tão seja lá o que for, adotou uma postura incondizente com seu histórico. Percebeu-se de outro modo. Virou momentaneamente outra pessoa.

No filme *Neblinas e sombras* (não queria dizer que é do Woody Allen para não parecer uma obcecada, mas é, e sou) o personagem de Mia Farrow refugia-se num bordel e aceita prestar um serviço sexual em troca de dinheiro, ela que nunca imaginou passar por uma situação constrangedora dessas. No dia seguinte, admite a um amigo que, para sua surpresa, teve uma noite maravilhosa, apesar de se sentir muito diferente de si mesma. O amigo a questiona: "Será que você não foi você mesma pela primeira vez?".

São nauseantes, porém decisivas e libertadoras essas perguntas que nos fazem os psicoterapeutas e também nossos melhores amigos, não nos permitindo rota de fuga. E aí? Quem é você de verdade?

Viver é um processo. Nosso "personagem" nunca está terminado, ele vai sendo construído conforme as vivências e também conforme nossas preferências – selecionamos uma série de qualidades que consideramos correto possuir e que funcionam como um cartão de visitas. Eu defendo o verde, eu protejo os animais, eu luto pelos pobres, eu só me relaciono por amor, eu cumpro as leis, eu respeito meus pais, eu não conto mentiras, eu acredito em positivismo, eu acho graça da vida. Nossa, mas você é sensacional, hein?

Temos muitas opiniões sensatas, repetimos muitas palavras de ordem, mas saber quem somos realmente é do departamento das coisas vividas. A maioria de nós optou pela boa conduta, e divulga isso em conversas, discursos, blogs e demais recursos de autopromoção, mas o que somos, de fato, revela-se nas atitudes, principalmente nas inesperadas. Como você reage vendo alguém sendo assaltado, foge ou ajuda? Como você se comporta diante de uma cantada de uma pessoa do mesmo sexo, respeita ou engrossa? O que você faria se soubesse que sua avó tem uma doença terminal, contaria a verdade ou a deixaria viver o resto dos dias sem essa perturbação? Qual sua reação diante da mão estendida de uma pessoa que você despreza, aperta por educação ou faz que não viu? Não são coisas que aconteçam diariamente, e pela falta de prática, você tem apenas uma ideia vaga de como se comportaria, mas saber mesmo, só na hora. E pode ser que se surpreenda: "não parecia eu".

Mas é você. É sempre 100% você. Um você que não constava da cartilha que você decorou. Um você que não estava previsto no seu manual de boas maneiras. Um você que não havia dado as caras antes. Um você que talvez lhe assombre por ser você mesmo pela primeira vez.

19 de agosto de 2012

Corpo interditado

Estava num café esperando por uma amiga. Enquanto o tempo passava, fiquei observando o ambiente. Outra mulher estava sozinha a poucas mesas de distância, também esperando alguém atrasado. O atrasado dela chegou antes da minha. Vi quando ela se levantou para cumprimentá-lo. Deram-se dois beijinhos. Os dois beijinhos mais vacilantes e constrangedores que podem ocorrer entre um casal. Talvez fosse delírio meu, mas tenho quase certeza de que eram ex-amantes, ex-namorados, ou um ex-marido e uma ex-esposa que haviam terminado a relação poucos dias atrás, no máximo alguns meses atrás.

É uma cena clássica. Depois de anos de amor e intimidade, a relação se desfaz. Os dois juram nunca mais se ver, odeiam-se por algumas semanas, até que um dia surge uma pendência para ser conversada, ou simplesmente resolvem tomar um drinque para provar ao mundo que a amizade prevaleceu, essas cenas aparentemente civilizadas que trazem significados ocultos. Ou pior: encontram-se sem querer num estacionamento no centro da cidade, num corredor de shopping, num quiosque do mercado público. Você aqui? Que surpresa. E os dois beijinhos saem de uma forma tão desengonçada que seria motivo pra rir, não fosse de chorar. Eles não se possuem mais fisicamente.

Interdição do corpo. Um dos troços mais sofridos de um final de relacionamento, que só se vai experimentar depois de um tempo afastados. Uma coisa é você ficar racionalizando sobre o desenlace trancafiada no quarto, ele ficar ruminando sobre as razões do rompimento enquanto trabalha. Uma coisa é você chorar durante o banho para disfarçar os olhos inchados, ele falar mal de você em bares, fingindo que se livrou da Dona Encrenca. Uma coisa é você consultar uma cartomante a fim de acreditar em dias mais promissores, ele sair com umas lacraias bonitinhas pra provar que te esqueceu.

Outra coisa é quando os dois se encontram, cara a cara, depois de semanas ou meses apenas se imaginando.

Ele está ali na sua frente. Mas você não pode agarrar seus cabelos, não pode passar a mão no seu peito, não pode rir de uma piada interna que só pertence aos dois, porque está oficializado que nada mais pertence aos dois.

Ela está ali na sua frente. Mas você não pode mais dar uma beliscadinha na sua bunda, não pode mais beijá-la na boca, não pode mais dizer uma bobagem em seu ouvido, porque está oficializado que ela agora é apenas uma amiga, e não se toma esse tipo de liberdade com amigas.

Depois de terem vivido, por anos, a proximidade mais libidinosa e abençoada que pode haver entre duas pessoas apaixonadas, vocês agora estão proibidos ao toque. Não se amam mais, é o que ficou decretado. Logo, os códigos de aproximação mudaram. Você dará dois beijinhos na mulher que tantas vezes viu nua, como se ela fosse uma prima. Você dará dois beijinhos no homem para quem tanto se expôs, como se ele fosse um colega de escritório.

O corpo interditado. Você não pode mais tocá-lo, você não pode mais tocá-la. O definitivo sinal de que o fim não era uma ilusão.

26 de agosto de 2012

Vida: parte 2

Uma menina me perguntou certa vez: a vida da gente melhora da metade para o final? Ela deveria ter uns 14 anos, jovem demais para dividir a existência em duas partes e colocar suas esperanças na segunda. Já eu havia recém feito 40: estava me despedindo do "ensaio geral" e estreando na parte 2, ainda sem saber o que estava por vir. Logo, o que responder? Admiti que considerava encantadora a primeira parte: a virgindade existencial, os primeiros amores, a juventude do corpo, os sonhos projetados para a frente, a morte a uma distância teoricamente segura. Não tinha como afirmar se a segunda parte possuiria munição suficiente para superar tanta vitalidade e expectativa, mas, dali onde eu me encontrava, seguia confiante, o futuro não me assustava. Apesar de ter vivido muito bem os primeiros 40, secretamente desejava que a resposta ao questionamento dela fosse um categórico sim.

Hoje aquela menina deve estar em torno dos 24 e ainda não tem sua resposta, mas garanto que anda tão ocupada que isso deixou de importar. Eu, no entanto, avancei um pouquinho na parte 2, porém continuo sem um parecer. Tenho apenas uma intuição.

Menina que não sei o nome: decretar o que é melhor, se a primeira ou a segunda metade da vida, é uma preocupação inútil – não perca tempo com isso. A única coisa que você deve ter em mente é o seguinte: o que fizer na primeira metade terá consequências na segunda, para o bem ou para o mal. Se você for uma jovem muito seletiva e insegura, acabará transferindo para mais tarde projetos que já poderiam ter sido experimentados. Procure viver as delícias de cada idade na idade certa, arrisque-se. Se não conseguir, ok: então morra de amor, vá morar sozinha em Londres, entre para uma seita, monte uma banda, tudo isso aos 60, aos 70, e danem-se as convenções.

A maturidade traz ganhos reais. A ansiedade diminui, a teatralidade também: já não vemos sentido em agradar a todos, a opinião alheia deixa de nos influenciar. Essa liberdade de ser quem realmente somos me parece o benefício maior – os jovens não percebem, mas sua liberdade é muito restrita. São pressionados a fazer escolhas tidas como definitivas (casamento, filhos, profissão) e as dúvidas se amontoam. A sociedade exige eficiência na condução desse script. Depois dos 40, a boa notícia: que sociedade, que nada. Não é ela que banca suas ideias, não é ela que enxuga suas lágrimas, não é ela que conhece suas carências. Você passa, finalmente, a ser dona do seu desejo. Não é pouca coisa.

A segunda metade trará vista cansada, um joelho menos confiável, um rosto não tão viçoso, umas manias bobas, mas o fato de já não haver tempo a desperdiçar nos torna mais focados e até mais aventureiros – pensar demais torna-se improducente.

Perder a ilusão da eternidade traz, sim, conquistas instantâneas, mas, para isso, é preciso ter cabeça boa, conhecimento e uma forte base moral e ética. E isso você adquire na primeira metade da vida – ou padecerá na última.

02 de setembro de 2012

Pequenas felicidades

Cachorro-quente.

Na esteira de bagagens do aeroporto, sua mala estar entre as primeiras a aparecer.

Receber notícias de um amigo que você gosta muito e que andava sumido.

Ter recebido de presente a série inteira de Mad Men para assistir atirada no sofá.

Numa loja de CDs usados, por um preço irrisório, encontrar discos de Keith Jarrett, Tom Waits, Chet Baker, Stan Getz e Miles Davis que você já teve em vinil e estupidamente se desfez.

Dentro do cinema, não haver ninguém conversando e fazendo barulho com papel de bala e saco de pipoca.

Livros. Encantar-se por um autor que você não conhecia.

Revistas *TPM*, *Lola*, *Bravo*, *Elle*, *Vogue*, *Joyce Pascowitch* – revistas de moda, cultura, entretenimento e decoração são sempre um luxo acessível, uma fantasia necessária.

Lareira.

Sair bem na foto.

Passar um fim de semana fora da cidade.

Num restaurante com os amigos, a última rodada ser brinde da casa.

Flores, folhagens, jardins, árvores, montanha.

Um bom programa de entrevista na tevê.

Rever as obras de um pintor que você gosta muito.

Taxista que não corre.

Prazos de validade bem visíveis nos produtos perecíveis.

Banho quente. Sem pressa pra sair.

Declaração de amor de filho.

Declaração de amor do seu amor.

Alguém encontrou e devolveu a carteira que você havia perdido com todos os documentos dentro.

Barulho de chuva antes de dormir.

Dia de sol ao acordar.

Massagem.

Acertarem no presente.

Receber um elogio profissional de alguém que você admira muito.

Subir na balança e descobrir que emagreceu.

Checkup que não acusa nenhum distúrbio de saúde.

Sair do dentista ouvindo a recomendação de voltar só dali a um ano.

Lembrar detalhes de um sonho bom.

Praia com mar de cartão-postal.

Festa boa.

A luz voltar.

Biografias bem-escritas de personalidades interessantes.

A vibrante pulsação de um show ao vivo.

Um dinheiro extra que você não estava esperando.

Beijo.

Conversar longamente com sua melhor amiga. Tomando um vinho, melhor ainda.

Ter concluído satisfatoriamente todas as pendências da semana.

Seu time fazer o gol decisivo no último minuto – é preciso sofrer um pouquinho na vida.

Coca-cola. Bombom. Pão com manteiga. Queijo.

Chorar de rir.

Quitar uma dívida.

Uma noite bem-dormida.

Uma consulta altamente proveitosa na terapia.

Seu cachorro de estimação. Seu gato aninhado em seu colo.

Um corrupto que não conseguiu se safar.

Vaga pra estacionar bem em frente de onde você desejava ir.

Bicicleta.

Identificar suas próprias pequenas felicidades e, mesmo nem tudo dando certo, gostar da vida que leva.

09 de setembro de 2012

Nós

Poucas pessoas gostam de viajar sozinhas. O que é compreensível: a melhor modalidade é a dois, também acho. Mas na ausência momentânea de parceria, por que desconsiderar uma lua de mel consigo mesmo?

Uma amiga psicanalista me disse que não é por medo que as pessoas não viajam sozinhas, e sim por vergonha. Faz sentido: numa sociedade que condena a solidão como se fosse uma doença, é natural que as pessoas se sintam desconfortáveis ao circularem desacompanhadas, dando a impressão de serem portadoras de algum vírus contagioso. Pena. Tão preocupadas com sua autoimagem, perdem de se conhecer mais profundamente e de se divertir com elas próprias.

Vivi recentemente essa experiência. Tirei 10 dias de férias, e não diga que não reparou ou morrerei de desgosto. Estive em lugares que já conhecia para não me sentir obrigada a conferir as atrações turísticas – o "aproveitar" não precisa necessariamente ser dinâmico, podemos aproveitar o sossego também. Minha intenção era apenas flanar, ler, rever amigos que moram longe e observar a vida acontecendo ao redor, sem pressa, sem mapas, sem guias. Dormir até mais tarde e almoçar na hora em que batesse a fome, se batesse. Estar disponível para conversar com estranhos, perceber o entorno de forma mais aguçada, circular de bicicleta por cidades estrangeiras. Ave, bicicleta! Diante do incremento de turistas no mundo, não raro impossibilitando a contemplação de certos pontos, alugar uma bike às 7h30 da manhã foi a solução para curtir ruas vazias e silenciosas.

Solitários somos todos, faz parte da nossa essência. Não é um defeito de fabricação ou prova de nossa inadequação ao mundo, ao contrário: muitas vezes, a solidão confirma nossa dignidade quando não se está a fim de negociar nossos desejos em troca de companhia temporária. E a propósito: quem disse que, sozinho, não se está igualmente comprometido?

Numa praça em Roma, um casal de brasileiros se aproximou. Começamos a conversar. Lá pelas tantas perguntei de onde eles eram. "De São Paulo, e você?". Respondi: "Nós, de Porto Alegre". Nós!!! Quanta risada rendeu esse ato falho. Eu e eu. Dupla imbatível, amor eterno, afinidade total.

Se você não se atura, melhor não viajar em sua própria companhia. Mas se está tudo bem entre "vocês", saiam por aí e descubram como é bom sentar num café num dia de sol, pedir algo para beber enquanto lê um bom livro, subir até terraços para apreciar vistas deslumbrantes, entrar em lojas e ficar lá dentro o tempo que desejar, entrar num museu e sair dali quando bem entender, caminhar sem trajeto definido nem hora pra voltar, pedalar ao longo de um rio ouvindo suas músicas preferidas no iPod, em conexão com seus pensamentos e sentimentos, nada mais.

Vergonha? Senti poucas vezes na vida, quando não me reconheci dentro da própria pele. Mas estando em mim, sob qualquer circunstância, jamais estarei só.

30 de setembro de 2012

Narrar-se

Sou fã de psicanálise, de livros de psicanálise, de filmes sobre psicanálise e não pretendo desgrudar o olho da nova série do GNT, *Sessão de terapia*, dirigida por Selton Mello. Algum voyeurismo nisso? Total. Quem não gostaria de ter acesso ao raio X emocional dos outros? Somos todos bem-resolvidos na hora de falar sobre nós mesmos num bar, num almoço em família, até escrevendo crônicas. Mas, em colóquio secreto e confidencial com um terapeuta, nossas fraquezas é que protagonizam a conversa. Por 50 minutos, despejamos nossas dúvidas, traumas, desejos, sem temer passar por egocêntricos. É a hora de abrir-se profundamente para uma pessoa que não está ali para condenar ou absolver, e sim para estimular que você escute atentamente a si mesmo e assim consiga exorcizar seus fantasmas e viver de forma mais desestressada. Alguns pacientes desaparecem do consultório logo após o início das sessões – não estão preparados para esse enfrentamento. Outros levam anos até receber alta. E há os que nem quando recebem vão embora, tal é o prazer de se autoconhecer, um processo que não termina nunca. Desconfio que será o meu caso. Minha psicanalista um dia terá que correr comigo e colocar um rottweiler na recepção para impedir que eu volte.

Já estou bolando umas neuroses bem cabeludas para o caso de ela tentar me dispensar.

Analisar-se é aprender a narrar a si mesmo. Parece fácil, mas muitas pessoas não conseguem falar de si, não sabem dizer o que sentem. Para mim não é tão difícil, já que escrever ajuda muito no exercício de expor-se. Quem escreve está sempre se delatando, seja de forma direta ou camuflada. E como temos inquietações parecidas, os leitores se identificam: "Parece que você lê meus pensamentos". Não raro, eles levam textos de seus autores preferidos para as consultas com o analista, a fim de que aqueles escritos ajudem a elaborar sua própria narrativa.

Meus pensamentos também são provocados por diversos outros escritores, e ainda por músicos, jornalistas, cineastas. Esse intercâmbio de palavras e sentimentos ajuda de maneira significativa na nossa própria narração interna. Escutando o outro, lendo o outro, se emocionando com o outro, vamos escrevendo vários capítulos da nossa própria história e tornando-nos cada vez mais íntimos do personagem principal – você sabe quem.

Selton Mello, em entrevista, disse que para algumas pessoas o programa pode parecer chato, pois é todo baseado no diálogo entre terapeuta e paciente, e isso é algo incomum na televisão, que vive de muita ação e gritaria. De minha parte, terá audiência cativa até o último episódio, pois, mesmo não vivenciando os problemas específicos que a série apresenta, todos nós aprendemos com os dramas que acontecem na porta ao lado, é um bem-vindo convite a valorizar o humano que há em cada um. A introspecção não costuma atingir muitos pontos no ibope, mas é a partir dela que se constrói uma vida que merece ser contada.

07 de outubro de 2012

Quando termina a novela

A atriz havia passado os últimos meses na pele de uma personagem atormentada, vulcânica, daquelas que não tem um dia de sossego. Era de se supor que ela estivesse dando o sangue pra interpretar uma mulher tão diferente dela mesma, ela que na vida real parecia ser bem tranquila. Foi então, na festa de encerramento, quando o elenco se reuniu para assistir ao último capítulo juntos, que o repórter se aproximou da estrela e perguntou: "Para onde você irá viajar quando terminar a novela?".

Ele não perguntou "se" ela iria viajar. Perguntou direto "para onde", sem a menor dúvida de que essa era a única opção após tanto empenho – nem passou pela cabeça do jornalista que ela poderia emendar um personagem no outro. E de fato, ela não emendaria. Respondeu que pretendia passar um mês em alguma praia deslumbrante e secreta, sem especificar em que lugar exatamente.

Quando termina a novela, a primeira providência é preparar a mala e se mandar.

O mesmo se dá nas novelas particulares, fora da tela. O que não falta é dramalhão no nosso cotidiano. A pessoa se doa, se escabela, chafurda em lamentações, quase enlouquece, até que o desgaste se confirma (seja o de uma relação, de um conflito familiar, de um projeto profissional) e chega-se ao último capítulo, pois sempre há um fim. E entre o fim e um novo começo, há que se recuperar a energia, abandonar o "personagem" e marcar um encontro consigo próprio, de preferência bem longe do cenário onde foram vividas as agruras. Pegar a estrada é o primeiro pensamento de quem encerra uma etapa da vida.

Viajar tem essa função terapêutica – também. Pretende-se que seja um divisor de águas, um momento de desconexão com o passado e de preparo para um futuro que promete ser mais promissor. E como tudo que foi intenso exaure nossas forças, espera-se que uma viagem (para um local paradisíaco, de preferência), acelere o restabelecimento.

Claro, pode ser também para um lugar lúgubre, abandonado, sem energia elétrica. Há quem não queira ver ninguém, não queira ser interrompido em sua introspecção, e se embrenha num lugarejo fora do mapa, na esquina de Deus nos Acuda com o Fim do Mundo.

Mas geralmente procura-se o belo e o alegre – desde que se conte com um bom pé de meia. Separou? Itália. Encerrou um tratamento quimioterápico com sucesso? Porto de Galinhas. Pediu demissão depois de 23 anos na mesma empresa? Um cruzeiro pelo Caribe. Passou no vestibular? Garopaba. É preciso comemorar. Terminou a novela.

Algumas pessoas carrancudas não sabem o que se ganha com uma viagem. Chamam de fuga, e uma fuga bem cara. Gasta-se uma nota preta para trazer de volta apenas fotografias. Qual o retorno de se comprar um bem imaterial? Não é melhor investir num carro, renovar o guarda-roupa, trocar de computador?

Quando acaba a novela, nem carro, nem guarda-roupa, nem iniciar outra novela na sequência. Hora de sair de cena para recuperar o fôlego até que a próxima inicie – porque sempre haverá outra.

21 de outubro de 2012

A melhor versão de nós mesmos

Alguns relacionamentos são produtivos e felizes. Outros são limitantes e inférteis. Infelizmente, há de ambos os tipos, e de outros que nem cabe aqui exemplificar. O cardápio é farto. Mas o que será que identifica um amor como saudável e outro como doentio? Em tese, todos os amores deveriam ser benéficos, simplesmente por serem amores. Mas não são. E uma pista para descobrir em qual situação a gente se encontra é se perguntar que espécie de mulher e que espécie de homem a sua relação desperta em você. Qual a versão que prevalece?

A pessoa mais bacana do mundo também tem um lado perverso. E a pessoa mais arrogante pode ter dentro de si um meigo. Escolhemos uma versão oficial para consumo externo, mas os nossos eus secretos também existem e só estão esperando uma provocação para se apresentarem publicamente. A questão é perceber se a pessoa com quem você convive ajuda você a revelar o seu melhor ou o seu pior.

Você convive com uma mulher tão ciumenta que manipula para encarcerar você em casa, longe do contato com amigos e familiares, transformando você num bicho do mato? Ou você descobriu através da sua esposa que as pessoas não mordem e que uma boa rede de relacionamentos alavanca a vida?

Você convive com um homem que a tira do sério e faz você virar a barraqueira que nunca foi? Ou convive com alguém de bem com a vida, fazendo com que você relaxe e seja a melhor parceira para programas divertidos?

Seu marido é tão indecente nas transações financeiras que força você a ser conivente com falcatruas?

Sua esposa é tão grosseira com os outros que você acaba pagando micos pelo simples fato de estar ao lado dela?

Seu noivo é tão calado e misterioso que transforma você numa desconfiada neurótica, do tipo que não para de xeretar o celular e fazer perguntas indiscretas?

Sua namorada é tão exibida e espalhafatosa que faz você agir como um censor, logo você que sempre foi partidário do "cada um vive como quer"?

Que reações imprevistas seu amor desperta em você? Se somos pessoas do bem, queremos estar com alguém que não desvirtue isso, ao contrário, que possibilite que nossas qualidades fiquem ainda mais evidentes. Um amor deve servir de trampolim para nossos saltos ornamentais, não para provocar escorregões e vexames.

O amor danoso é aquele que, mesmo sendo verdadeiro, transforma você em alguém desprezível a seus próprios olhos. Se a relação em que você se encontra não faz você gostar de si mesmo, desperta sua mesquinhez, rabugice, desconfiança e demais perfis vexatórios, alguma coisa está errada. O amor que nos serve e que nos faz evoluir é aquele que traz à tona a nossa melhor versão.

03 de novembro de 2012

O DINHEIRO QUE GRITA

Todo mundo quer ter dinheiro e não há nada de errado com isso, desde que seja conquistado por mérito próprio, sem roubar de ninguém – tampouco do Município, do Estado e da Nação.

Dinheiro limpo é bem-vindo: proporciona viagens, prazeres, conforto, cultura, saúde. Saúde não apenas física, mas mental, e não estou falando do fato de poder pagar um analista se for preciso, mas da tranquilidade de não ter dívidas. Uma pessoa sem dívidas dorme melhor, pensa melhor, respira melhor.

Além de limpo e honesto, dinheiro bom é dinheiro silencioso. Que não se exibe, não se pavoneia, não aponta para si próprio dizendo: olhem eu aqui! Conheço milionários que têm com o dinheiro uma relação discreta. Claro que moram bem, viajam, possuem um bom carro, mas não ostentam, não botam seu dinheiro no sol para brilhar e ofuscar os outros. O dinheiro tem que ser elegante como o seu dono. Ninguém precisa lidar com o dinheiro como se fosse um bicheiro.

Mas é como muitos lidam. Mesmo não abrindo a camisa para mostrar suas correntes douradas nem transitando em limusines, ainda assim há quem não se importe que seu dinheiro grite – aliás, até faz questão de ter um dinheiro bem marqueteiro. São mulheres que retiram todas as joias do cofre para exibi-las numa festa, usam bolsas com monogramas gigantes, instalam chafarizes enormes nas piscinas e compram os dias de folga dos empregados porque não toleram a ideia de ir até a cozinha buscar seu próprio copo d'água num domingo.

São homens que andam em carros que valem uma cobertura, pets que vestem Prada, vinhos que são escolhidos pelo preço e namoradas idem, já que, segundo eles, amor verdadeiro é coisa de pobre.

O rico que esnoba pessoas humildes tem um dinheiro que grita. O rico que trata a todos com respeito e gentileza, tem um dinheiro silencioso.

O rico que só gasta com grifes tem um dinheiro que grita. O rico que investe também no que é popular (e valoriza uma pechincha, por que não?) tem um dinheiro silencioso.

O rico que perdeu o prazer de apreciar as coisas gratuitas da vida tem um dinheiro que grita. O rico que não perdeu a conexão com aquilo que lhe dava prazer quando não era tão rico tem um dinheiro silencioso.

Quem dificulta o acesso a si mesmo através de um sem-número de assessores, guarda-costas, secretários, agentes e demais bloqueadores humanos tem um dinheiro que grita. Quem segue disponível para o afeto tem um dinheiro silencioso.

Costuma-se diferenciar um do outro dizendo que um é o novo rico, e o outro, o rico de berço. Pode ser. Quem nunca teve se deslumbra. Reconheço que é muito bom viver bem e poder pagar as próprias contas, tenham elas quantos dígitos tiverem. Mas dinheiro deveria ser educado da mesma forma que um filho: nunca permita que ele seja insolente e ruidoso.

04 de novembro de 2012

As incríveis Hulk

Você nunca cogitou fazer cirurgia nos seios, nem para aumentá-los, nem para reduzi-los, pois está satisfeita com eles do jeito que são e não sente necessidade de transformar nada, ainda mais que já atingiu meio século de existência. Mas uma transformação ocorreu à sua revelia. Eles aumentaram um pouquinho de tamanho. Você não está grávida, naturalmente. Aconteceu. E, pensando bem, ficaram mais bonitos. E mais pesados, um perigo. Mas a vida segue.

Um dia você está no trabalho e sente um desconforto. Não entende bem a razão. Quando chega em casa, sente a compulsão de tirar o sutiã. Anda pela casa com tudo solto, seu marido acha que você está tendo uma recaída hippie, mas deixe-o pensar o que quiser. Consigo mesma, você dialoga: será que andei comprando um número menor do que costumo usar? Passam as semanas e de novo a sensação de aperto. Não consegue mais atravessar o dia inteiro de sutiã, mesmo usando alguns muito confortáveis. Secretamente, você começa a usar os seus sutiãs mais puídos, aqueles que já estão meio folgados. Só diante da promessa de uma noite de amor é que os troca por um belo sutiã de renda bem justo, e na hora em que ele é aberto pelo felizardo com quem divide os lençóis, você solta um gemido de prazer antes da hora.

Hum. Tem alguma coisa estranha aí.

Você descobre o que é no dia em que recebe de presente uma camiseta de manga comprida. Tamanho médio, não tem erro, você usa o tamanho médio desde os 15 anos. Você a veste e está tudo ok, ela escorrega pelo tórax, e tem o cumprimento ideal. Se você for como eu, vai sair com o presente já no mesmo dia em que o recebeu. Sou do tipo que compra uma roupa numa loja e saio usando, não espero ocasiões especiais. Então, você usa a camiseta que ganhou no mesmo dia também, até que, durante o encontro com as amigas à tardinha, sente uma compressão no bíceps, igualzinho a quando seu marido a agarra enciumado para levá-la embora da festa. Na hora de erguer o braço para fazer um brinde, tem a impressão que a camiseta rasgará na altura da axila. Quando chega em casa, mal consegue despi-la, parece uma roupa de neoprene, você se sente um surfista que acabou de sair do mar. Ao conseguir, depois de 10 minutos, se desfazer da camiseta, seus braços quase falam e agradecem: obrigada por nos devolver a circulação do sangue.

Calma. Pense. Você não está mais gorda. Alguém pode explicar?

Lamento ser portadora de más notícias: você alargou, apenas isso. Segue linda, mas seus braços não são mais aqueles dois gravetos de antigamente e suas costas não fazem mais os marmanjos suspirarem cada vez que usa frente única. Os ombros pontiagudos, outrora tão elegantes, deram uma arredondada. Enfim, o tempo fez um preenchimento por conta própria no que antes era naturalmente delgado. Nada grave. Não tome nenhuma providência, pois isso não se resolve com dieta nem cirurgia. É o efeito colateral de continuar viva e saudável – não queria ter morrido esquelética aos 40, queria? Aumente a numeração do sutiã e siga vivendo como se nada estivesse acontecendo.

E, por cautela, reforce todas as costuras.

25 de novembro de 2012

Os solares

Quando pequena, sentia um orgulho bobo de ser de Leão, só porque o planeta regente desse signo era o sol. Afora esse detalhe, não sabia nada sobre astrologia, mas agora passei a levar o assunto mais a sério e reconheci de vez o dinamismo relacionado ao astro rei.

Sou mais verão do que inverno, mais mar do que campo, mais diurna do que noturna. Intensamente solar, e isso é, antes de tudo, uma sorte, pois sem essa energia vital eu provavelmente teria tido um destino mais sombrio. Ainda assim, conheço outros "solares" que são de Touro, Libra, Gêmeos e demais signos – é uma característica que, mesmo quem não a herdou do cosmos, pode e deve desenvolver. Gente é pra brilhar, já dizia outro leonino.

Não vou continuar me referindo aos astros, pois não é minha praia. Minha praia é Torres, Ipanema, Maresias, Mole, Sancho, Porto de Galinhas, Espelho, Ferradurinha, Quatro Ilhas e demais paraísos distribuídos por esse Brasil cuja orla é um exagero de radiante. Quando penso que minha cidade preferida fora do país é Londres, fico até ressabiada com este meu perfil camaleônico, capaz de me fazer sentir em casa num lugar onde o sol não é visita constante. Mas é preciso passear por todos os pontos antagônicos da nossa personalidade – ninguém é uma coisa só. Também tenho meu lado cachecol e botas, mas se fosse obrigada a escolher apenas uma de mim, nunca mais descalçaria o chinelo de dedos.

Não vejo o solar como alguém espalhafatoso. Pode ser discreto no agir, mas ele tem uma luz íntima que cintila, que se manifesta nos seus impulsos criativos, nas suas ideias que magnetizam. Ele não precisa de extravagâncias para atrair. É uma pessoa que naturalmente se dilata, que abre espaço para o novo, que circula por várias tribos, que faz do seu prazer de estar vivo uma natural ferramenta de sedução.

O solar tem seus momentos de introspecção, normal. Não há quem não precise de um recolhimento para recarregar baterias, fazer balanços, conectar-se consigo próprio. Mas ele volta, sempre volta, e vem ainda mais expressivo em sua vibração espontânea.

Há pessoas que possuem uma nuvem preta pairando sobre a cabeça. São criaturas carregadas, pesadas – a gente percebe só de olhar. Uma tempestade está sempre prestes a desabar sobre elas. Respeito-as, ninguém é assim porque quer, mas considero uma bobeira defender o azedume como traço de inteligência. Os pessimistas se acham mais profundos que os alegres. Não são.

"She's only happy in the sun", canta Ben Harper, e faço de conta que ele se inspirou em mim, mesmo sem eu saber quem é "she" – pode ser a iguana do cara, vá saber.

Sol combina com erotismo, com bom humor, com leveza, com sorriso luminoso, com água cristalina, com calor, música, cores, vida. Quando ele se põe, me ponho junto, e nem assim apago: no escuro, me dedico aos vaga-lumes.

02 de dezembro de 2012

PULSANTES

Assisti à peça *Vermelho*, encenada pelo extraordinário Antonio Fagundes e por seu filho Bruno, que conta uma parte da vida do pintor Mark Rothko, expoente do expressionismo abstrato nos anos 50 e 60. O texto é tão bom que saí do teatro com a cabeça fervendo. Vontade de escrever sobre o dilema entre o que é artístico e o que é comercial, sobre as diferentes maneiras de vermos a mesma coisa, sobre a função da arte abstrata (que nunca me comoveu, mas que a partir da peça passei a dar outro valor) e sobre a desproteção das obras quando expostas (Mark Rothko era hiperexigente quanto à luz das galerias, assim como quanto à distância que o visitante deveria ficar da tela, e por quanto tempo esse visitante deveria observá-la até ser atingido emocionalmente... enfim, um chato, esse Rothko, mas fascinava).

No entanto, como não sou conhecedora de pintura, resolvi destacar aqui um outro aspecto da montagem, que diz respeito não só a artistas plásticos, mas a todos os que lidam com criação. Pensando bem, até com os que não lidam.

Muitos entre nós ainda acreditam que trabalho e prazer são duas coisas distintas que não se misturam.

O dia, em tese, é dividido em três terços: 8 horas trabalhando, 8 horas aproveitando a vida (até parece: e as filas? e o trânsito?) e 8 horas dormindo. Cada coisa no seu devido lugar. Apenas os artistas teriam a liberdade de subverter essa ordem.

Pois o mundo mudou. O trabalho está deixando de ser aquela atividade burocrática e rígida cuja finalidade era ganhar dinheiro e nada mais. Queremos extrair prazer do nosso ofício, seja ele técnico, artístico, formal, informal. O conceito de estabilidade perdeu força, as hierarquias já não impressionam. A meta, hoje, é aproveitar as novas tecnologias e as oportunidades que elas oferecem. Atuar de forma mais flexível, autônoma e motivada. Trocar o "chegar lá" pelo "ser feliz agora". Ou seja, amar o trabalho do mesmo jeito que se ama ir ao cinema, pegar uma praia e sair com os amigos.

Rothko respirava trabalho, e considerava que estava igualmente trabalhando quando lia Dostoiévski, quando filosofava, quando caminhava pelas ruas, quando amava, quando dormia, quando conversava. Defendia a vida como matéria-prima da inspiração, sem regrar-se pelo horário comercial. Não se dava folga – ou folgava o tempo inteiro, depende do ponto de vista. Quando não estava pintando, estava alimentando sua sensibilidade, sem a qual nenhuma pintura existiria. Nos anos 50, só mesmo um artista poderia viver essa fusão na prática. Depois que cruzamos o ano 2000, porém, é uma tendência que só cresce, em todas as áreas profissionais: nas que existem e, principalmente, nas que estão sendo inventadas.

Como pintor, Mark Rothko valeu-se de uma vasta cartela de cores, mas expressou-se magistralmente em vermelho – na verdade, ele *viveu* em vermelho. Paixão, sangue, vinho, pimenta, calor, sedução. Ele sabia que essa era a cor que pulsava. E segue moderno, pois, como ele, são os pulsantes que estão fazendo a diferença.

12 de dezembro de 2012

O fim e o começo

Como era de se esperar, não teve fim de mundo. Mas 2012 não foi um ano qualquer. Muitas pessoas a minha volta sentiram algo parecido com o que senti: que este foi um ano de intensidade única, com uma energia capaz de encerrar etapas. Um ano de despedidas, algumas concretas, outras mais sutis. Houve quem tenha terminado casos mal resolvidos, quem tenha se conscientizado de um problema que não queria ver, quem se deu conta da fragilidade de uma situação, quem tenha aceitado um desafio que exigiu coragem, quem tenha enfrentado uma situação transformadora, quem tenha se jogado num estilo de vida diferente. Olho para os lados e vejo que 2012 não passou em branco para quase ninguém. Pelo menos não para mim, nem para pessoas próximas.

Meu microcosmo não revela o universo inteiro, lógico. Você talvez não tenha percebido nada de incomum no ano que passou, mas ainda assim seria interessante promover um fim categórico, encerrar o ano colocando uma pedra em algo que não lhe convém mais. Geralmente chegamos ao final de dezembro focados apenas no recomeço, na renovação, nos planos, sem nos darmos conta de que, para que nossas resoluções sejam cumpridas mais adiante, não basta pular sete ondas, comer lentilhas e outras mandingas. É preciso que haja, sim, o fim do mundo. O fim de um mundo seu, particular.

Qual o mundo que você precisa exterminar da sua vida?

Sugestão: o mundo do bullying cibernético. Ninguém é autêntico por esculhambar o trabalho dos outros, sendo agressivo e mal-educado só porque tem a seu favor o anonimato na internet. Perder horas na frente do computador demonstra sua total incapacidade de convívio. Bum! Fim desse mundo estreito.

O mundo da prepotência, aquele que faz você pensar que todos lhe estenderão um tapete vermelho sem você precisar dar nada em troca. Qualquer um pode ser profético quanto a seu futuro: passará o resto da vida achando que ninguém lhe dá o devido valor, isolado em sua torre de marfim.

O mundo obcecado do amor doentio, aquele amor que só persiste pelo medo da solidão, e que de frustração em frustração vai minando sua possibilidade de ser feliz de outro modo.

O mundo das coisas sem importância. Quanta dedicação ao sobrenome do fulano, à conta bancária do sicrano, à vida amorosa da beltrana, o quanto ela pagou, o quanto ele deveu, quem reatou. Por cinco minutos, vá lá. Os neurônios precisam descansar. Mas esse trelelé o dia inteiro, socorro.

O mundo do imobilismo. Do aguardar sem se mover. Da espera passiva pelo momento certo que nunca chega.

2012 prenunciou um cataclismo, só que não era global, e sim individual. Impôs que cada um desse um fim à vida como era antes e que promovesse uma mudança interna, profunda e renovadora. Feito?

Então que venha um 2013 do outro mundo para todos nós.

30 de dezembro de 2012

Minha turma

Ela é uma amiga recente. Tem três filhos, sendo que um deles possui uma síndrome rara. É uma criança especial, como se diz. Acabei de ouvi-la palestrar a respeito de como é o envolvimento de uma mãe com um ser que necessita de tanta atenção. Eu estava preparada para ouvir um chororô, e não a acusaria, ela teria todo o direito se. Mas o "se" não veio. O que vi foi uma mulher comovente e leve ao mesmo tempo, recorrendo ao humor para segurar a onda e para não se desconectar de si mesma. Ela deu uma choradinha, sim, mas de pura emoção e gratidão por passar por essa experiência que dá a ela e a esse filho uma cumplicidade também fora do comum. Quando ela terminou de falar, pensei: "Essa é da minha turma". E silenciosamente a inseri no rol dos meus afetos verdadeiros.

Estranhei ter sido essa a expressão que me ocorreu, "minha turma", e só então percebi que, durante a vida, a gente conhece um mundaréu de pessoas, estabelece variadas trocas de impressões, passeia por outras tribos e tal. São homens e mulheres que chegam bem perto do nosso epicentro, nem sempre por escolha, mas porque são parentes de alguém, conhecidos de não sei quem, e que acabam sendo agregados à nossa agenda do celular. Até que o tempo vai mostrando uma dissimulação aqui, uma maldade ali, uma energia pesada, e você se dá conta de que alguns não são da sua turma.

Da série "Coisas que a gente aprende com o passar dos anos": abra-se para o novo, mas na hora da intimidade, do papo reto, da confiança, procure sua turma. É fácil reconhecer os integrantes dessa comunidade: são aqueles que falam a sua língua, enxergam o que você vê, entendem o que você nem verbalizou. São aqueles que acham graça das mesmas coisas, que saltam juntos para a transcendência, que possuem o mesmo repertório. São aqueles que não necessitam de legendas, que estão na mesma sintonia, e cujo histórico bate com o seu. Sua turma é sua ressonância, sua clonagem, é você acrescida e valorizada. Sua turma não exige nota de rodapé nem resposta na última página. Sua turma equaliza, não é fator de desgaste. Com ela você dança no mesmo compasso, desliza, cresce, se expande. Sua turma é sua outra família, aquela, escolhida.

Não tenho mais paciência com o que me exige atuação, com quem me obriga a usar palavras em excesso para ser compreendida. Não tenho mais energia para o rapapé, para o rococó, para o servilismo cortês, para o mise-en-scène social. Não tenho motivo para ser quem não sou, para adaptações de última hora, para adequações tiradas da manga. Não quero mais frequentar roda de estranhos cujas piadas não vejo a mínima graça. Não quero mais ser apresentada, muito prazer, e daí por diante ter que dissecar minha árvore genealógica, me explicar em nome dos meus tataravôs, defender posições que me farão passar por boa moça. Não quero mais ser uma convidada surpresa.

Se você mandar eu procurar minha turma, acredite, tomarei como carinho.

06 de janeiro de 2013

Prosopagnosia

Eu estava na fila do cinema, e ela dois passos a frente. Ela virava para trás, me olhava, e logo virava para frente de novo. Até que numa dessas viradas ela disse "oi". Eu retribuí: "oi". Ela: "É isso aí, tu não me conhece, mas eu te conheço: tem que cumprimentar".

Eu sei, amiga.

Leitores me cumprimentam sem que eu os conheça, e tudo certo, já que há uma foto minha ao lado da coluna do jornal. Só se torna um problema quando eu realmente conheço a pessoa que me cumprimenta, já conversei com ela em algum momento da vida, e não faço ideia de quem seja. Escrevi certa vez sobre isso: se a pessoa é a recepcionista da minha médica, e sempre a vejo de coque e de uniforme branco, ao passar por mim de vestido floreado e cabeleira solta num shopping, não vou reconhecê-la. Se o sujeito com quem cruzo na academia, sempre de calção e camiseta, entrar no restaurante de camisa polo e um blusão amarrado em torno do pescoço, não vou reconhecê-lo. Se o porteiro do meu prédio for filmado na arquibancada de um estádio vestindo a camiseta do seu time e segurando um cartaz dizendo "Olha eu aqui, Galvão", periga o Galvão saber quem é: eu, não. Tenho uma incapacidade crônica de identificar pessoas fora do habitat em que costumo encontrá-las.

Sempre me justifiquei dizendo "Sou péssima fisionomista", que é um chavão, mas não é mentira, e que, aliado aos meus três graus de astigmatismo, me garantia o perdão de algumas boas almas. Até que outro dia entrei numa loja de conveniências, um cara abriu os braços ao me ver e disse numa alegria comovente: "Marthinha!". Achei meio íntimo para um leitor. Sorri amarelo e dei um "oi" igual ao que ofereci à moça da fila do cinema. Ele insistiu: "Martha, sou eu!". Socorro, eu quem? Então ele disse seu nome. Pasme: era um ex-namorado. A meu favor, deponho que foi um namorado da época da faculdade (não me obrigue a fazer contas), mas, ora, ainda que tenha sido na era paleolítica, conviveu comigo. Ao menos o seu olhar deveria ser o mesmo. Me senti um inseto.

Pois bem, depois de anos soterrada em culpa, descubro que a medicina está do meu lado. Acabo de saber que "sou péssima fisionomista" possui nome científico: prosopagnosia. Uma doença que debilita a área do cérebro que distingue traços e expressões faciais. Estou lendo o excelente *Barba ensopada de sangue*, de Daniel Galera, cujo personagem vive o mesmo desconforto. Alguns médicos dizem que há apenas 100 casos diagnosticados no mundo – provavelmente eu e outros 99 acusados injustamente de ter o nariz em pé. Mas há quem diga também que o problema é mais comum do que se pensa e que atinge uma a cada 50 pessoas, ou seja, é praticamente uma epidemia.

Comum ou incomum, me concedam o benefício da dúvida: talvez eu seja uma pobre vítima da prosopagnosia e por isso não saio por aí dando dois beijinhos e perguntando pela família de quem, a priori, nunca vi antes. Se não for prosopagnosia, acredite: é astigmatismo evoluindo para uma catarata, somada a uma palermice que me dificulta distinguir semblantes. Nariz em pé, juro que não é.

13 de janeiro de 2013

Frustração

A história resumida: uma amiga estava há dois meses saindo com um homem bacana. Ele, perdulário em declarações de amor, a convidou para ir a Paris. Ulalá. Ela vibrou. Dez dias antes do embarque, ele mandou um e-mail dizendo que havia voltado para a ex-mulher.

Sacanagem, pensamos. Mas sacanagem talvez seja um diagnóstico simplista. Ele estava tentando dar um novo rumo à sua vida, porém não contava com o assédio da ex-esposa, seu verdadeiro grande amor. Fez sua opção, e quem morreu um pouco foi minha amiga. Alguém sempre paga o pato.

O assunto de hoje é uma velha conhecida de todos nós: a frustração. Jogue a primeira pedra quem já não caiu do cavalo (foi frustrado) ou roeu a corda (frustrou alguém). Somos todos experts em sonhos desfeitos.

Existe coisa pior na vida, claro que existe, mas considero a frustração uma das sensações mais indigestas. O emprego é seu! Chegando ao escritório para entregar seus documentos, descobre que o posto já foi preenchido. Você quase passou no vestibular! Por uma vaga, umazinha só, ficou de fora do listão. A bolsa para estudar na Inglaterra saiu! Pena que o governo decretou um depósito compulsório de última hora e você não tem como pagá-lo.

Me veio à cabeça mais uns 456 exemplos de frustrações, algumas inclusive baseadas em experiências pessoais. Mas você tem sua própria lista para recordar, não serei tão cruel.

É sabido que uma das regras de bem educar uma criança é ensiná-la a lidar com frustrações. Seu bebê amado não será alto o suficiente para ser campeão de basquete, nem sua lindinha terá as melenas loiras necessárias para ser a princesa do teatrinho da escola. Ou você inventa uma desculpa para aplacar a dor dos seus rebentos, ou permite que eles enfrentem essa dolorosa seleção natural e explica: não é isso que mede a importância de alguém. Papai e mamãe te amam de qualquer jeito.

Grande prêmio de consolação, pensam os baixotes.

Porém, baixotes, é isso mesmo. "Papai e mamãe te amam" é tudo o que vocês precisam saber para se lixar para as coisas que não dão certo. E acreditem: um bilhão de coisas não darão certo, dos 5 aos 105 anos. Só tendo sido suficientemente amado e protegido dentro do lar para entender que o que não deu certo é uma contingência da vida e que, dependendo do nosso grau de autoconfiança, poderá causar apenas cinco dias de mau humor em vez de uma dor existencial infinita. Acredite: os cinco dias de frustração não farão mal nenhum a seu crescimento, pelo contrário, será parte fundamental dele. A dor existencial é que nos engessa e paralisa para sempre.

Lido razoavelmente bem com frustrações. Sofro os cinco dias protocolares, e depois retiro alguma lição que me torne mais aderente a decepções futuras – ambiciono chegar ao dia em que a frustração não doerá nem mais cinco minutos. Conseguirei? Na verdade, não pretendo colecionar frustrações para quebrar meu recorde de resistência. Se pudesse, não sofreria mais nenhuma. Mas isso equivaleria a não estar mais disposta a viver.

Então, que venham as danadas. Uma de cada vez, que sou forte, mas não sou duas.

20 de janeiro de 2013

Suicídio e recato

Suicídio não casa bem com dias de verão, mas hoje acordei sem saber como preencher a tela em branco, e não possuindo o talento de Rubem Braga, de quem se dizia "Quando ele tem assunto, é ótimo, e quando está sem assunto, é fenomenal", me rendi a esse tema delicado, difícil, mas que também faz parte da vida.

Dois acontecimentos me trazem até aqui. O primeiro foi ter assistido ao impactante *Amor*, filme do qual já se celebrou tudo: a excepcional atuação do casal protagonista, o realismo da história e a transcendência de um sentimento que não se revela apenas nas trocas de carinho, mas na compreensão profunda um do outro. Anne, interpretada pela magnífica Emmanuelle Riva, sofre um derrame e fica com um lado do corpo paralisado, e a doença se agrava com o passar dos dias, degradando-a, retirando dela não apenas os movimentos, mas também boa parte da consciência. Só lhe resta esperar pela morte, enquanto vê seu marido dedicar dias e noites a atendê-la em todas as suas necessidades, absolutamente todas. Quem não desejaria, nessa situação, antecipar o desfecho? Sem nem mesmo conseguir expressar-se pela fala, ela decide fechar a boca e recusar o alimento que lhe dão, numa atitude patética, mas ao mesmo tempo política: é seu ato solitário de protesto. Que, claro, não funciona, por falta de resistência. A morte exige uma bravura mais radical.

Tão radical quanto a que foi capaz o grande Walmor Chagas, um homem de forte personalidade que conduziu sua vida sem fazer concessões, e que saiu dela atendendo sua própria vontade, como lhe era peculiar. Aos 82 anos, enxergando mal, já precisando de ajuda para realizar tarefas corriqueiras, fez sua opção. Com toda a consideração ao sentimento dos familiares e amigos, reconheçamos: em casos bem específicos, como o dele, há uma certa dignidade no suicídio.

Não estou encorajando ninguém ao ato. É uma tragédia. Principalmente quando realizado por jovens, que geralmente o fazem por uma dor momentânea que os leva ao impulso, sem conjecturar sobre a longa existência pela frente. Quando falo em "casos bem específicos", me refiro à tentativa da personagem Anne, ao Walmor Chagas e até ao próprio Rubem Braga, que, aos 77 anos, sabedor de que tinha um tumor na laringe, preferiu não operar nem tratar quimicamente. Dias antes da sua morte, recebeu os amigos mais chegados em casa, e logo depois morreu sedado num quarto de hospital – sozinho, como pediu. Não foi uma morte provocada, mas teve a participação do principal envolvido, que se deu o direito de escolha.

Nenhuma morte é bonita. E é nosso dever tentar impedir ações deliberadas de partir, se estiver ao nosso alcance. Não estando, só nos resta respeitar àqueles que o fizeram não por tristeza, não por covardia, não por desequilíbrio emocional, mas, estando com uma idade avançada, sentindo o corpo e a mente deteriorarem-se e perdendo a capacidade de tomarem conta de si mesmos, o fizeram por pudor.

23 de janeiro de 2013

Matéria-prima de biografias

Uma amiga possui um casamento duradouro, filhos ótimos, uma penca de parentes ao redor, um trabalho satisfatório, o melhor dos mundos. Reconhece que tem uma vida bacana, mas volta e meia diz, brincando: "Se eu escrevesse minha biografia, não daria mais do que três páginas". Ela sente falta de imprevistos, novidades, abalos. Se duvidar, sente falta até de sofrimentos.

Analisando sob esse prisma, a recém-lançada biografia de Diane Keaton não deverá se tornar um best-seller, já que não há fartura de romances clandestinos, envolvimento com drogas, traumas e psicopatias. Ao contrário: o que prevalece é sua declaração de amor à família. É isso que torna o livro tão especial, humano e diferente de outras histórias de celebridades.

Diane Keaton certamente não é uma mulher como as outras. Namorou Woody Allen, Warren Beatty e Al Pacino, e ganhou um Oscar por sua atuação em *Annie Hall*. Essas experiências seriam suficientes para deixar qualquer leitor salivando diante da oportunidade de ouvir os detalhes a respeito. Ela até comenta sobre isso tudo, e sobre o início da carreira, seus ídolos, seu jeito peculiar de se vestir, mas são pinceladas sem profundidade, que ficam em terceiro plano diante do que realmente importa e comove no livro: sua relação com a mãe. Diane transforma a desconhecida Dorothy Keaton Hall em coautora de sua biografia. Publica trechos dos seus diários, narra os anos em que esta enfrentou o mal de Alzheimer, as particularidades do casamento dela com seu pai e como foi a criação dos quatro filhos do casal – Diane e seus três irmãos. Talvez o leitor se pergunte: mas o que me interessa essa tal de Dorothy?

Sem Dorothy, não haveria o que veio depois.

Claro que é um privilégio ter acesso aos bilhetes escritos por Woody Allen e aos bastidores da filmagem de *O Poderoso Chefão*, pra citar outro filme da extensa carreira da atriz, mas não é um livro de fofocas, e sim o retrato de uma vida que, apesar do entorno glamoroso, nunca deixou de ser prosaica. Não exalta os tapetes vermelhos, os namorados famosos ou ter o nome piscando na fachada de um cinema, e sim os laços afetivos. É de uma singeleza inesperada.

Diane Keaton, apostando no que lhe é íntimo, inverteu o que se espera de uma biografia. Através de um relato nada modorrento, e sim ágil, divertido e tocante, colocou sob os holofotes aquilo que passou de comum a incomum: a valorização da nossa formação dentro de casa, a influência do afeto na construção de um futuro, a beleza dos pequenos episódios que acontecem diante dos olhos da família, nossa primeira plateia.

Numa época em que todos andam viciados em existir publicamente, transformando suas vidinhas triviais num reality show, uma estrela de Hollywood vem recolocar as coisas em seus devidos lugares: o superficial pra lá, o essencial pra cá. Claro que uma hipotética biografia daquela minha amiga do início do texto nunca atrairia a atenção de ninguém, ao contrário da de Diane Keaton, mas o que ela teria para contar – e o que todos teriam para contar, se o mundo estivesse a fim de ouvir – é que ter uma vida interessante depende apenas do olhar amoroso que lançamos sobre nossa própria história.

27 de janeiro de 2013

Empatia

As pessoas se preocupam em ser simpáticas, mas pouco se esforçam para ser empáticas, e algumas talvez nem saibam direito o que o termo significa. Empatia é a capacidade de se colocar no lugar do outro, de compreendê-lo emocionalmente. Vai muito além da identificação. Podemos até não sintonizar com alguém, mas nada impede que entendamos as razões pelas quais ele se comporta de determinado jeito, o que o faz sofrer, os direitos que ele tem.

Nada impede?

Foi força de expressão. O narcisismo, por exemplo, impede a empatia. A pessoa é tão autofocada que para ela só existem dois tipos de gente: os seus iguais e o resto, sendo que o resto não merece um segundo olhar. Narciso acha feio o que não é espelho. Ele se retroalimenta de aplausos, elogios e concordâncias, e assim vai erguendo uma parede que o blinda contra qualquer sentimento que não lhe diga respeito. Se pisam no seu pé, reclama e exige que os holofotes se voltem para essa agressão gravíssima. Se pisarem no pé do outro, é porque o outro fez por merecer.

Afora o narcisismo, existe outro impedimento para a empatia: a ignorância. Pessoas que não circulam, não possuem amigos, não se informam, não leem, enfim, pessoas que não abrem seus horizontes tornam-se preconceituosas e mantêm-se na estreiteza da sua existência. Qualquer estranho que possua hábitos diferentes será criticado em vez de respeitado. Os ignorantes têm medo do desconhecido.

E afora o narcisismo e a ignorância, há o mau-caratismo daqueles que, mesmo tendo o dever de pensar no bem público, colocam seus próprios interesses acima do de todos, e aí os exemplos se empilham: políticos corruptos, empresários que só visam o lucro sem respeitar a legislação, pessoas que "compram" vagas de emprego e de estudo que deveriam ser conquistadas através dos trâmites usuais, sem falar em atitudes prosaicas como furar fila, estacionar em vaga para deficientes, terminar namoros pelo Facebook, faltar compromissos sem avisar antes, enfim, aquelas "coisinhas" que se faz no automático sem pensar que há alguém do outro lado do balcão que irá se sentir prejudicado ou magoado.

É um assunto recorrente: precisamos de mais gentileza etc. e tal. Para muitos, puxar uma cadeira para a moça sentar ou juntar um pacote que alguém deixou cair, basta. Sim, somos todos gentis, mas colocar-se no lugar do outro vai muito além da polidez e é o que realmente pode melhorar o mundo em que vivemos. A cada pequeno gesto diário, a cada decisão que tomamos, estamos interferindo na vida alheia. Logo, sejamos mais empáticos do que simpáticos. Ninguém espera que você e eu passemos a agir como heróis ou santos, apenas que tenhamos consciência de que só desenvolvendo a empatia é que se cria uma corrente de acertos e de responsabilidade – colocar-se no lugar do outro não é uma simples gentileza que se faz, é a solução para sairmos dessa barbárie disfarçada e sermos uma sociedade civilizada de fato.

30 de janeiro de 2013

Afinados

Uma vez, em uma conversa entre amigos, alguém comentou que jamais conseguiria casar com quem ouvisse Celine Dion. Casar? Eu não conseguiria pegar uma carona com alguém que ouvisse Celine Dion, retruquei, exagerando. E foi nesse tom de brincadeira que continuamos falando sobre nossos "eu nunca poderia me relacionar com alguém que...".

Puro blá blá blá, pois na hora em que a paixão se apresenta, nossos gostos se adaptam rapidinho, e a gente se pega dançando forró quando queria mesmo era estar num show do Pearl Jam. Ainda assim, essa questão de ter afinidade musical não é absolutamente tola. Gostar de gêneros musicais diferentes não impede um relacionamento, mas quando há compatibilidade, dois amantes evoluem e transformam-se em dois cúmplices.

Tudo porque a música não é uma forma de ocupar o silêncio, simplesmente. Ela provoca uma experiência física e sensorial. Ela vai buscar você onde você se esconde. E compartilhar isso com quem amamos é roçar no sublime.

Se aquilo que gosto de ouvir estimula as mesmas sensações em quem convive comigo, cria-se um diálogo sem palavras, à prova de mal-entendidos. A música invade e captura o que há de melhor em nós, nossa essência primeira, a que não foi corrompida por racionalizações. E essa sensibilidade refinada, ao ser despertada simultaneamente em um homem e em uma mulher (ou numa plateia inteira, no caso de um espetáculo) gera uma comunhão tão rara quanto mágica.

Muitos filmes já demonstraram como a música pode ser um fator de aproximação entre casais. Para citar dois que concorrem ao Oscar hoje, no belíssimo *Amor*, os protagonistas idosos não eram apaixonados apenas um pelo outro, mas igualmente por música erudita, o que reforçava o laço. Em *O lado bom da vida*, duas vítimas de perturbações psíquicas encontram uma forma de serenizar sua ansiedade descontrolada através da dança, fazendo com que seus corpos obedeçam a um ritmo, e sua alma também. A música facilita que identifiquemos um "igual", ou alguém razoavelmente parecido conosco. E ajuda a fazer esse encontro perdurar.

Não que tenha sido descoberta a fórmula do sucesso das relações – elas se desfazem, mesmo quando há gostos afins. Mas, entre os momentos que ficarão na lembrança, estarão aqueles em que ambos sabiam com certeza o que o outro estava sentindo quando conectados pela música, uma música que às vezes nem estava sendo tocada, mas escutada por dentro, como na hora exata do parto do filho, em que se ouve internamente uma orquestra, ou na hora da decolagem de um voo, quando se ouve internamente uma ópera, ou durante o primeiro beijo, quando se ouve internamente... sinos?

Humm, eu escolheria uma trilha sonora menos óbvia, mais inspiradora.

Coisa mais triste quando, ao recordar um amor, a gente tenta lembrar: qual era a nossa música? E não havia.

24 de fevereiro de 2013

Amores maduros

Participei de um evento em São Paulo em que foi debatida a sexualidade nos dias atuais. Para não chegar lá com um blá blá blá muito pessoal, fiz o tema de casa: li o que psicanalistas e ensaístas tinham a dizer sobre o assunto. Encontrei muita coisa interessante, mas um aspecto me chamou a atenção: ao falar de amor e sexo, a visão da maioria dos teóricos abrange apenas o jovem e suas expectativas, principalmente no que diz respeito à importância da procriação na escolha do parceiro. O assunto é visto pela ótica de quem planeja construir um relacionamento e tudo o que isso inclui: a herança emocional deixada pelos pais, a pressão social de formar uma família, a influência da religião, a interferência dos filhos no convívio do casal, as regras impostas pela coletividade, a necessidade de firmar-se profissionalmente para alcançar estabilidade, enfim, todo o projeto de vida de quem está dando os primeiros passos nesse admirável mundo das convenções e ética comportamental.

Tudo muito bem fundamentado, mas há um personagem que fica de fora desses estudos: é a pessoa de meia-idade que já se apaixonou algumas vezes, que já casou e descasou, teve filhos e talvez netos e que hoje está livre para iniciar um novo relacionamento, e de um jeito bem mais desestressado do que qualquer jovem de 20 anos. Ora, esse homem ou essa mulher já atravessou o desfiladeiro: pulou para o lado de lá. Os filhos estão criados, a vida estabilizada, as expectativas do tipo "até que a morte os separe" já foram arquivadas, não carece mais de aprovação externa e está dando uma banana para as convenções: chegou a hora de aliar amor e diversão. Quem escreve sobre eles? Melhor dizendo: quem escreve sobre nós?

Circulam por aí muitas interrogações sobre amor e sexo que pessoas vividas já responderam para si mesmas. Depois de terem cumprido boa parte das regras pré-estabelecidas, agora é o momento de viver 24 horas de cada vez, sem idealizações. Querem um amor descomplicado e sem amarras.

Estamos com pouco suporte teórico, mas existimos. Não fazemos questão de endereço compartilhado, troca de alianças, contrato assinado. Não nos debulhamos diante de juras de amor eterno porque já entendemos "que o pra sempre, sempre acaba". Não precisamos de um ninho de amor financiado para pagar a perder de vista, nem de vestido de noiva, nem de anel de compromisso, nem de muitos planos. Estamos quites com nossa juventude, já gastamos as ilusões, agora nos restou o melhor da vida: ela própria, simplesmente. A vida que temos na mão para consumo imediato. Sem discussões excessivas sobre moral, sem excesso de argumentações psicológicas, sociológicas ou com qualquer lógica.

São poucos os que escrevem sobre nós e sobre a relação que queremos construir hoje. Pensando bem, talvez seja melhor. Quanto mais livre de teorias, mais solto o amor.

03 de março de 2013

O que é ser mulher?

Sempre que chega essa época do ano, prometo a mim mesma: minhas próximas férias serão tiradas em março. Vou alugar uma choupana em Ushuaia e só volto quando pararem de falar no Dia da Mulher. Apenas para evitar a pergunta que tantos pedem que a gente responda: "O que é ser mulher?".

Basicamente, ser mulher é ter nascido com os cromossomos XX. Será que isso responde a questão? Responde, só que de modo desaforado. Espera-se que colaboremos: "Ser mulher é ser mãe, esposa, profissional...". Alguém ainda aguenta essa chorumela?

Se é para refletir sobre o assunto, então sejamos francos: ninguém mais sabe direito o que é ser mulher. Sofremos uma descaracterização. Necessária, porém aflitiva. Entramos no mercado de trabalho, passamos a ter liberdade sexual e deixamos para ter filhos mais tarde, se calhar. Somos presidentes, diretoras, empresárias, ministras. Sustentamos a casa. Escolhemos nossos carros. Viajamos a serviço. Saímos à noite com as amigas. Praticamos boxe. O que é ser mulher, nos perguntam. Pois hoje, ser mulher é praticamente ser um homem.

Nossa masculinização é um fato. Ok, nenhuma mulher desistirá de tudo o que conquistou. A independência é um ganho real para nós, para nossa família e para a sociedade. Saímos da sombra e passamos a existir de forma plena. E o mundo se tornou mais heterogêneo e democrático, mais dinâmico e produtivo, em suma: muito mais interessante. Mas não nos deram nada de mão beijada, ganhamos posições no grito, falando grosso. E agora está difícil reconhecer nossa própria voz.

"Sou mais macho que muito homem" não é apenas o verso de uma música de Rita Lee, é pensamento recorrente de cérebros femininos. Alguém ainda conhece uma mulher reprimida, omissa, sem opinião, sem pulso? Foram extintas e deram lugar às eloquentes.

Nada de errado, repito. Acumulamos uma energia bivolt e isso tem nos trazido inúmeros benefícios – deixamos de ser um simples acessório, nos integralizamos. Mas essa nova mulher ainda se permitirá um segundinho de "cuida de mim"? Se os homens estão se permitindo ser frágeis, por que não nos permitimos também, nós que temos os royalties dessa condição?

É no amor que a mulher recupera sua feminilidade. É na relação a dois. Na autorização que dá a si mesma de se sentir cansada e de permitir que o outro tome decisões e a surpreenda. É através do amor que voltamos a confiar cegamente, a baixar a guarda e a deixar que nos seduzam – sem considerar isso ofensivo. Muitas mulheres estão desistindo de investir num relacionamento por se julgarem incapazes de jogar o jogo ancestral: eu, provedor; você, minha fêmea. Os homens sabem que já não iremos nos contentar em receber mesada e ficar em casa guardando a ninhada, mas, na intimidade, que tal deixarmos a testosterona e o estrogênio interpretarem seus papéis convencionais?

Um amor sem tanta racionalidade, sem demarcação de território, sem guerra pelo poder. Amolecer de vez em quando, com entrega, com gosto. É onde ainda podemos ressuscitar a mulher que fomos, sem prejuízo à mulher que somos.

06 de março de 2013

Deus em promoção

Pouca coisa me escandaliza, mas fiquei perplexa com o vídeo que andou circulando pela internet, que mostra um culto da Assembleia de Deus conduzida pelo pastor Marco Feliciano – sim, o polêmico presidente da Comissão de Direitos Humanos e Minorias da Câmara dos Deputados, o maior para-raios de encrenca da atualidade.

O vídeo mostra o momento da coleta de dízimos e doações, a parte mercantilista da negociação dos fiéis com o Pai Supremo, de quem o pastor se julga uma espécie de contador particular, pelo visto. Entre frases inibidoras como "Você vai mesmo ficar com esse dinheiro na sua carteira?", dirigida a pessoas da plateia, e estimulando que os trabalhadores cedam uma porcentagem do seu salário dizendo "Aquele que crê, dá um jeito", aconteceu: alguém entregou seu cartão de crédito nas mãos do pastor. No que ele retrucou: "Ah, mas sem a senha, não vale. Depois vai pedir um milagre pra Deus, Ele não vai dar, e aí vai dizer que Deus é ruim".

Entendi bem? Deus está à venda? Cobrando pelas graças solicitadas?

Essa colocação do pastor bastaria para abrir uma CPI contra os caras de pau que, abusando da esperança de gente sem muito tutano, arrecadam fortunas e depois vão fazer suas preces particulares em algum resort em Miami. Quem dera houvesse um Joaquim Barbosa para colocar ordem nesse galinheiro falsamente místico, mas quem ousa? Se essa simples crônica já sofrerá retaliações, imagine alguém peitar judicialmente um representante de Deus, ou que assim se anuncia.

Religiosidade é algo extremamente respeitável. Cada um exerce a sua com a intensidade que lhe aprouver, de forma saudável, a fim de conquistar bem-estar espiritual. Todas as pessoas religiosas que conheço, e são inúmeras, nunca precisaram comprar sua fé nem dar nada em troca – a conquistaram gratuitamente através de cultura familiar ou de uma necessidade pessoal de conforto e consolo que é absolutamente legítima.

Religião é, basicamente, isso: conforto e consolo.

Já os crentes mais radicais fazem parte de outra turma. São os que acreditam cegamente em pecado, castigo, punição e numa recompensa que só virá depois de algum sacrifício. Quando não pagam em espécie, abrem mão de prazeres terrenos como forma de penitência, para tornarem-se dignos da vida eterna – que viagem.

É preciso ser muito iludido para acreditar que pagar a conta de luz é menos importante do que pagar pelo milagre encomendado a Deus através de seus "assessores" – e que, segundo o pastor Marco Feliciano, só será realizado se você não tiver caído na malha fina do Serasa Divino.

O que fazer para acabar com esse transe? Colocar na cadeia esses ilusionistas que se apresentam como pastores? Duvido que ajude. A bispa Sônia e seu marido Estevam Hernandes foram condenados por lavagem de dinheiro e de nada adiantou. Se fossem condenados por lavagem cerebral, quem sabe.

13 de março de 2013

A BOTA AMARELA

Houve um tempo que eu detestava roupas amarelas. O que não deixava de ser estranho, uma vez que essa cor tem uma energia que combina com meu estado de espírito. Mas me fechei para o amarelo de uma forma ranzinza e implicante, e nesse fechamento creio que enclausurei uma parte importante de mim que passou a fazer falta. A parte em que deixo de imitar a mim mesma a fim de permitir que eu me surpreenda.

Explico: durante a vida a gente vai assimilando ideias, cultivando gostos, estabelecendo maneiras de ser, até que vira um ser humano aparentemente acabado: sou desse jeito, prefiro isso, não suporto aquilo, minha turma é essa, daqui não saio. Instalamo-nos numa bolha confortável e já temos as respostas prontas para quem vier bater à nossa porta. Na hora de enfrentar as demandas do dia a dia, nada mais simples: é só imitar aquela criatura com a qual nos habituamos. Já temos o manual de instruções decorado. Sou desse jeito, prefiro isso, não suporto aquilo etc. etc.

Até que chega um momento em que você se dá conta de que parece um boneco em que deram corda e que vive repetindo as mesmas frases, os mesmos gestos, sem nenhuma reflexão a respeito. Está há anos imitando a si mesmo, pois é fácil e rápido, um modelo pra lá de conhecido. No entanto, você tem uma reserva de imaginação, ainda sem uso, que deve ser acionada para o que, às vezes, se faz necessário: rasgar o manual e escrever uma nova história a partir do zero.

Pois então estava eu, caminhando por uma calçada, de bobeira, quando passei por uma vitrine e vi um desses manequins sem rosto vestindo um casaco colorido, uma calça jeans e uma bota amarela. Meu olhar de cyborg (ninguém foi criança impunemente) focalizou a bota, deu-lhe ampliação e fez com que ela se destacasse do conjunto. Eu não enxergava mais nada, só aquela bota amarela. E, como num transe, entrei na loja, pedi meu número e provei a bota, sem ter a mínima ideia onde, quando e com que coragem a usaria um dia. Eu simplesmente saquei meu cartão de crédito e comprei a metáfora da vida que eu pretendia levar dali por diante.

Se não a usar, poderei colocá-la numa prateleira da parede para que ela me lembre de que não precisamos ter uma cor preferida, que nossas convicções podem ser reavaliadas sem prejuízo à nossa imagem, que o que a gente gostava antes não precisa ser aniquilado em detrimento de nossos novos amores, que ninguém perderá sua essência só porque resolveu variar de personagem.

Insistir nas próprias convicções é um perigo. A certeza nem sempre é amiga da sanidade. Se eu fosse uma fashionista, ninguém estranharia, mas não sendo, há quem vá me achar meio maluca desfilando de bota amarela por aí. Não importa. Ela estará me conduzindo justamente ao saudável mundo do desapego de nossas crenças.

17 de março de 2013

Visíveis para si mesmo

Se você fosse um super-herói, qual o poder que gostaria de ter? Pergunta clássica, resposta clássica: 99% das pessoas gostariam de ficar invisíveis. É o desejo também do senhor Y, o enigmático personagem de *O homem visível,* de Chuck Klosterman, livro que mistura ficção científica, bizarrice e suspense numa trama que, ainda que inverossímil, prende o leitor e faz refletir. Y trabalhou num projeto ultrassecreto do governo americano e acabou desenvolvendo uma tecnologia de camuflagem – ele criou uma espécie de segunda pele que o torna invisível. Com que propósito? Entrar na casa de pessoas que morem sozinhas e, sem ser percebido, vê-las em sua rotina comum. O obcecado Y acredita que uma pessoa é 100% autêntica apenas quando ninguém a está observando.

Ah, super Y. Além de invisível, você lê pensamentos? Acredito no mesmo que você. Sozinha não finjo, não disfarço, não retruco, não provoco, não julgo, não condeno, não sumo, não volto. Sozinha não há céu que me rejeite – assim encerra um poema que escrevi certa vez sobre o benefício da solidão. Não que sejamos todos uns falsos ao sair pela porta de casa, mas é indiscutível que, assim que entra um vizinho no elevador, você automaticamente aciona um dispositivo que produz um sorriso e um comentário sobre o clima, quando na verdade está morta de sono e preferiria continuar calada. Uma atuação inofensiva e gentil, mas, ainda assim, uma atuação. É preciso contracenar.

No entanto, em suas visitas secretas a homens e mulheres que se acreditavam em total privacidade dentro de seus apartamentos, Y repara que elas não se sentem tão relaxadas como deveriam. Ele se dá conta de que as pessoas não consideram o tempo que passam sozinhas como parte de suas vidas. Diz o personagem: "Sempre me senti mais vivo quando estava sozinho, porque esses eram os únicos momentos que não sentia medo de ter minhas ações examinadas e interpretadas. O que acabei descobrindo é que as pessoas *precisam* que suas ações sejam examinadas e interpretadas, para acreditar que o que fazem tem importância".

É preocupante. Hoje, as pessoas só confirmam sua existência quando estão em público. No entanto, creio que é justamente quando estamos misturados aos demais que nos tornamos invisíveis. Acabamos infiltrados na manada e compartilhamos opiniões originadas do senso comum, tudo pela ansiedade de fazer parte de alguma coisa. Já ao nos concedermos momentos de isolamento, entramos em real conexão com nossos desejos, processamos as experiências vividas e esculpimos silenciosamente o homem e a mulher que estamos nos tornando. Ficar sozinho não é estar abandonado, ao contrário: é encontro dos mais sagrados. Invisível para os outros, extremamente visível para si mesmo.

É divertido ser invisível e todos nós temos esse poder, basta estar numa festa para 800 convidados, por exemplo. A visibilidade é que é rara: olhar profundamente para dentro e enxergar o que ninguém mais consegue ver.

24 de março de 2013

Apegos

Dizem alguns filósofos: o apego é a causa de todas as nossas dores emocionais. Concordo, mas faço ressalvas. O apego também provoca inúmeras alegrias e satisfações. Não faz sentido evitar filhos, paixões e amizades a fim de se proteger de tristezas, preocupações e frustrações. Passar uma vida inteira desapegada das pessoas seria entregar-se ao vazio existencial – e nunca ouvi dizer que isso gerasse bem-estar. Desapegar-se em troca de paz é uma falácia, só demonstra covardia de viver.

Não haveria um caminho do meio? Xeretando ainda mais os livros de filosofia, encontrei algo do romeno Cioran que me pareceu chegar bem perto de uma saída para o impasse. Diz ele que a única forma de viver sem drama é suportar os defeitos dos demais sem pretender que sejam corrigidos.

Eis aí uma fórmula bem razoável para não se estressar. Continue apegando-se, mas mantenha 100% de tolerância com todos. Em tese, é perfeito.

Em menos de poucos segundos, consigo listar tudo o que me incomoda nas pessoas que mais amo. Conseguiria listar também o que me faz amá-las, é claro, mas o ser humano veio com um chip do contra: os defeitos dos outros sempre parecem mais significativos do que suas qualidades. Depois de um longo tempo de convívio, aquilo que nos exaspera torna-se mais relevante do que aquilo que nos extasia.

Pois a recomendação é: exaspere-se, se quiser, mas saiba que não vai adiantar. Nada do que você disser, nenhuma cobrança, nenhum discurso, nenhuma chantagem, nenhuma novena, nada fará com que os defeitos do seu pai, da sua mãe, do seu marido, da sua mulher ou dos seus filhos desapareçam num passe de mágica. Assim como os seus também jamais evaporarão, por mais que os outros rezem e supliquem pra você deixar de ser tão .... (preencha os pontinhos). Você é capaz de reconhecer seu defeito mais insuportável?

Só mesmo passando uma longa temporada num mosteiro do Tibete para desenvolver a capacidade de aceitar tudo o que nos tira do sério. Seu filho indiferente, seu marido pão-duro, sua mãe mal-humorada, sua amiga carente, seu chefe durão, seu zelador folgado, sua irmã fofoqueira, seu colega chatonildo – imagine que paraíso se pudéssemos relevar essas e tantas outras diferenças, comungando com os defeitos alheios sem nunca mais esperar que os outros mudem. Deixar de esperar é uma libertação.

Pois não espere mesmo: ninguém mudará nem um bocadinho. Nem você, nem aqueles que você tanto ama, por mais que você pense que seria fácil alguém deixar de ser ranzinza, orgulhoso ou o que for. Aceite todos como são e aleluia: drama, nunca mais. Se conseguir, tem um troféu esperando por você, além de prêmio em dinheiro e uma foto autografada do Buda.

27 de março de 2013

Dialogando com a dor

Não simpatizo nada com a ideia de sentir dor. Para minha sorte, elas foram raras. Vivi dois partos normais que pareceram um piquenique no campo, nada doeu, sobrou relaxamento e prazer. Quando penso em dor física, o que me vem à lembrança são as idas ao dentista quando era criança. Começava a sofrer já na noite anterior, sentia enjoos fortíssimos, não conseguia dormir, passava a madrugada chorando só de imaginar que no dia seguinte teria que enfrentar a broca e seu barulho aterrorizante. Estou falando de uma época em que crianças tinham cárie – hoje muitas nem sabem o que é isso, bendito flúor.

O que fazer em relação a esse tipo de dor? Se nos pega de surpresa (um tombo, uma cabeçada, um corte), suportar. Se for uma dor interna, tomar um analgésico e esperar que passe. Não se pode dialogar com a dor física. Músculos, nervos, órgãos, pele, essa turma não escuta ninguém. Ainda bem que (com exceção das dores crônicas) não são dores constantes, e sim pontuais. De repente, somem.

Já a dor psíquica não é tão breve. Pode durar semanas. Meses. Sem querer ser alarmista, pode durar uma vida. Porém, ela é mais elegante que a dor física: nos dá a chance de chamá-la para um duelo, ao contrário da outra, que é um ataque covarde. A dor psíquica possibilita um diálogo, e isso torna a luta menos desigual. São dois pesos-pesados, sendo que você é o favorito. Escolha suas armas para vencê-la.

Armas?

Por exemplo: redija cartas para si mesmo. Escreva sobre o que você sente e depois planeje seus próximos passos. Escrever exorciza, invoca energia. Cartas para si mesmo estabelecem uma relação íntima entre você e sua dor. Amanse-a.

Terapia. A cura pela fala. Você buscando explicar em palavras como foi que permitiu que ela ganhasse espaço para se instalar, de onde você imagina que ela veio, quem a ajudou a se apoderar de você. Uma investigação minuciosa sobre como ela se desenvolveu e sobre a acolhida que recebeu: sim, nós e nossas dores muitas vezes nos tornamos um só. É difícil a gente se apartar do que nos dói, pois às vezes é a única coisa que dá sentido à nossa vida.

Livros. O mais deslumbrante canal de comunicação com a dor, pois através de histórias alheias reescrevemos a nossa própria e suavizamos os efeitos colaterais de estar vivo. Ler é o diálogo silencioso com nossos fantasmas. A leitura subverte nossas certezas, redimensiona nossos dramas, nos emociona, faz rir, pensar, lembrar. Catarses intimidam a dor.

Meditação. Religião. Contato com a natureza. Viagens. Amigos. Solidão. Você decide por qual caminho irá dialogar com a sua dor, num enfrentamento que, mesmo que você não saia vitorioso, ao menos fortalecerá seu caráter.

Quem não dialoga com sua dor psíquica, não a reconhece como a inimiga admirável que é, capaz de torná-lo um ser humano mais forte. A reduz a uma simples dor de dente e, como uma criança, desespera-se sozinho no escuro.

31 de março de 2013

Admitir o fracasso

Eu estava dentro do carro em frente à escola da minha filha, aguardando a aula dela terminar. A rua é bastante congestionada no final da manhã. Foi então que uma mulher chegou e começou a manobrar para estacionar o carro numa vaga ainda livre. Reparei que seu carro era grande para o tamanho da vaga, mas, vá saber, talvez ela fosse craque em baliza. Tentou entrar de ré, não conseguiu. Tentou de novo, e de novo não conseguiu. E de novo. E de novo. Por pouco não raspou a lataria do carro da frente, e deu umas batidinhas no de trás que eu vi. Não fazia calor, mas ela suava, passava a mão na testa, ou seja, estava entregando a alma para tentar acomodar sua caminhonete numa vaga que, visivelmente, não servia. Ou, se servisse, haveria de deixá-la entalada e com muita dificuldade de sair dali depois. Pensei: como é difícil admitir um fracasso e partir para outra.

Para quem está de fora, é mais fácil perceber quando uma insistência vai dar em nada – e já não estou falando apenas em estacionar carros em vagas minúsculas, mas em situações variadas em que o "de novo, de novo, de novo" só consegue fazer com que a pessoa perca tempo. Tudo conspira contra, mas a criatura teima na perseguição do seu intento, pois não é do seu feitio fracassar.

Ora, seria do feitio de quem?

Todas as nossas iniciativas pressupõem um resultado favorável. Ninguém entra de antemão numa fria: acreditamos que nossas atitudes serão compreendidas, que nosso trabalho trará bom resultado, que nossos esforços serão valorizados. Só que às vezes não são. E nem é por maldade alheia, simplesmente a gente dimensionou mal o tamanho do desafio. Achamos que daríamos conta, e não demos. Tentamos, e não rolou. "De novo!", ordenamos a nós mesmos – e, ok, até vale insistir um pouquinho. Só que nada. Outra vez, e nada. Até quando perseverar? No fundo, intuímos rapidinho que algo não vai dar certo, mas é incômodo reconhecer um fracasso, ainda mais hoje em dia, em que o sucesso anda sendo superfaturado por todo mundo. Só eu vou me dar mal? Nada disso. De novo!

De-sis-ta. É a melhor coisa que se pode fazer quando não se consegue encaixar um sonho em um lugar determinado. Se nada de positivo vem desse empenho todo, reconheça: você fez uma escolha errada. Aprender alemão talvez não seja para sua cachola. Entrar naquela saia vai ser impossível. Seu namorado não vai deixar de ser mulherengo, está no genoma dele. Você irá partir para a oitava tentativa de fertilização? Adote. E em vez de alemão, tente aprender espanhol. Troque a saia apertada por um vestido soltinho. Invista em alguém que enxergue a vida do seu mesmo modo, que tenha afinidades com seu jeito de ser. Admitir um fracasso não é o fim do mundo. É apenas a oportunidade que você se dá de estacionar seu carro numa vaga mais ampla e que está logo ali em frente, disponível.

07 de abril de 2013

Reconciliando-se com o próprio corpo

Pratico exercícios desde sempre. Já nadei, joguei vôlei, fiz aeróbica, musculação, mas nada disso me tornou uma amante da vida esportiva. O que me levava a essa movimentação intensa era a consciência de que manter uma atividade física enrijece o corpo e oxigena a mente, então eu ia em frente sem pensar em prazer. Era uma necessidade e pronto.

Aos poucos fui largando tudo e mantive apenas as caminhadas, essas, sim, não apenas saudáveis, como prazerosas. Poderia passar o dia caminhando, não tivesse que reservar um tempo para exercícios cerebrais, como trabalhar e fazer palavras cruzadas.

Parecia tudo bem, até que uma médica me disse: caminhar é bom, mas não basta. Está na hora de você suar o top. E me recomendou pilates.

Modismo, chatice, tédio. Todas essas ideias me passaram pela cabeça, mas sou obediente, acato ordens, e me matriculei num pequeno estúdio a poucos passos da minha casa, conduzido por um casal de instrutores. Fui cair na mão dos melhores, posso apostar. Em três sessões, já percebia mudanças no meu corpo, na minha postura. Quanto ao tédio, bom, não há tédio na dor. Às vezes me sinto como se estivesse treinando para me apresentar no Cirque du Soleil. Recebo ordens inimagináveis: grude o umbigo nas costas, encolha as costelas, encoste o queixo no peito, abra um sorriso nos ombros. Já houve caso de instruírem um rapaz a contrair o útero. Dá vontade de rir, mas não convém, temos que nos concentrar na respiração. Juro, com tudo isso, ainda pedem que a gente respire.

Então, de volta aos exercícios sem prazer?

Pois aí está a novidade: o prazer é de outra ordem. O pilates faz a gente mudar a maneira de pensar o corpo, o que deve ser a razão do seu sucesso mundo afora. Ao decidir praticar um exercício, muitas vezes ficamos condicionados aos benefícios externos de se estar em forma: a saúde é uma boa desculpa, mas a vaidade é que nos faz pagar a mensalidade da academia. Pois o pilates supera essa visão miúda, adicionando à prática uma reflexão que vai muito além do desejo de ser admirado.

Quando somos adolescentes, sentimos nosso corpo como parte indissolúvel do nosso ser. Porém, com o passar do tempo, acaba acontecendo uma dissociação – à revelia, nosso corpo começa a nos abandonar, a nos deixar na mão. A pele vai se soltando, os órgãos internos armam rebeliões, as articulações gritam, rangem – não me peça para explicar, mas nosso corpo ganha vida própria, se emancipa e não nos escuta mais.

O pilates é, antes de tudo, uma reconciliação com esse corpo que se tornou rebelde e fugidio. Ele sempre esteve a nosso serviço, mas pouco estivemos a serviço dele. Pois o pilates, feito um cupido, faz com que nós e nosso corpo passemos a nos conhecer mais profundamente e a descobrir o que nem sabíamos um do outro, mesmo com tantos anos de convívio.

Basicamente, pilates é o resgate do amor entre você e o que você traz dentro. Mesmo que seja um útero que você nem tem.

10 de abril de 2013

Quando eu estiver louco, se afaste

Há que se respeitar quem sofre de depressão, distimia, bipolaridade e demais transtornos psíquicos que afetam parte da população. Muitos desses pacientes recorrem à ajuda psicanalítica e se medicam a fim de minimizar os efeitos desastrosos que respingam em suas relações profissionais e pessoais. Conseguem tornar, assim, mais tranquila a convivência.

Mas tem um grupo que está longe de ser doente: são os que simplesmente se autointitulam "difíceis" com o propósito de facilitar para o lado deles. São os temperamentais que não estão seriamente comprometidos por uma disfunção psíquica – ao menos, não que se saiba, já que não possuem diagnóstico. São morrinhas, apenas. Seja por alguma insegurança trazida da infância, ou por narcisismo crônico, ou ainda por terem herdado um gênio desgraçado, se decretam "difíceis", e quem estiver por perto que se adapte. Que vida mole, não?

Tem uma música bonita do Skank que começa dizendo: "Quando eu estiver triste, simplesmente me abrace/Quando eu estiver louco, subitamente se afaste/quando eu estiver fogo/suavemente se encaixe...". A letra é poética, sem dúvida, mas é o melô do folgado. Você é obrigada a reagir conforme o humor da criatura.

Antigamente, quando uma amiga, um namorado ou um parente declarava-se uma pessoa difícil, eu relevava. Ora, estava previamente explicada a razão de o infeliz entornar o caldo, promover discussões, criar briga do nada, encasquetar com besteira. Era alguém difícil, coitado. E teve a gentileza de avisar antes. Como não perdoar?

Já fui muito boazinha, lembro bem.

Hoje em dia, se alguém chegar perto de mim avisando "sou uma pessoa difícil", desejo sorte e desapareço em três segundos. Já gastei minha cota de paciência com esses difíceis que utilizam seu temperamento infantil e autocentrado como álibi para passar por cima dos sentimentos dos outros feito um trator, sem ligar a mínima se estão magoando – e claro que esses "outros" são seus afetos mais íntimos, pois com amigos e conhecidos eles são uns doces, a tal "dificuldade" que lhes caracteriza some como num passe de mágica. Onde foi parar o ogro que estava aqui?

Chega-se numa etapa da vida em que ser misericordioso cansa. Se a pessoa é difícil, é porque está se levando a sério demais. Será que já não tem idade para controlar seu egocentrismo? Se não controla, é porque não está muito interessada em investir em suas relações. Já que ficam loucos a torto e direito, só nos resta nos afastar mesmo. E investir em pessoas alegres, educadas, divertidas e que não desperdiçam nosso tempo com draminhas repetitivos, dos quais já se conhece o final: sempre sobra para nós, os fáceis.

14 de abril de 2013

Simples, fácil e comum

Tenho mergulhado numa questão que parece prosaica, mas é de importância vital para melhor conduzirmos os dias: por que as pessoas rejeitam aquilo que é simples, fácil e comum?

O mundo evolui através de conexões reais: relacionamentos amorosos, relacionamentos profissionais e relacionamentos familiares – basicamente. É através deles que nos enriquecemos, que nossos sonhos são atingidos e que o viver bem é alcançado. No entanto, como nos atrapalhamos com essas relações. Tornamos tudo mais difícil do que o necessário. Estabelecemos um modo de viver que privilegia o complicado em detrimento do que é simples. Talvez porque o simples nos pareça frívolo. Quem disse?

Não temos controle sobre o que pode dar errado, e muita coisa dá: a reação negativa diante dos nossos esforços, o cancelamento de projetos, o desamor, as inundações, as doenças, a falta de dinheiro, as limitações da velhice, o que mais? Sempre há mais.

Então, justamente por essa longa lista de adversidades que podem ocorrer, torna-se obrigatório facilitar o que depende de nós. É uma ilusão achar que pareceremos sábios e sedutores se nossa vida for um nó cego. Fala-se muito em inteligência emocional, mas poucos discutem o seu oposto: a burrice emocional, que faz com que tantos façam escolhas estapafúrdias a fim de que pelo menos sua estranheza seja reconhecida.

O simples, o fácil e o comum. Você sabe do que se trata, mas não custa lembrar.

Ser objetivo e dizer a verdade, em vez de fazer misteriozinhos que só travam a comunicação. Investir no básico (a casa, a alimentação, o trabalho, o estudo) em vez de torrar as economias em extravagâncias que não sedimentam nada. Tratar bem as pessoas, dando-lhes crédito, em vez de brigar à toa. Saber pedir desculpas, esclarecer mal-entendidos e limpar o caminho para o convívio, ao invés de morrer abraçado ao próprio orgulho. Não gastar seu tempo com causas perdidas. Unir-se a pessoas do bem. Informar-se previamente sobre o que o aguarda, seja um novo projeto, uma viagem, um concurso público, uma entrevista – preparar-se não tira o gostinho da aventura, só potencializa sua realização.

Se você sabe que não vai mudar de ideia, diga logo sim ou não, para que enrolar? Cuide do seu amor. Não dê corda para quem você não deseja por perto. Procure ajuda quando precisar. Não chegue atrasado. E não se envergonhe de gostar do que todos gostam: optar por caminhos espinhentos às vezes serve apenas para forçar uma vitimização. O mundo já é cruel o suficiente para ainda procurarmos confusão e chatice por conta própria. Há outras maneiras de aparecer.

Temos escolha. De todos os tipos. As boas escolhas são alardeadas. As más escolhas são mais secretas e, por isso, confundidas com autenticidade, fica a impressão de que dificultar a própria vida fará com que o cidadão mereça uma medalha de honra ao mérito ao final da jornada. Se você acredita mesmo que o desgaste honra a existência, depois não venha reclamar por ter virado o super-herói de um gibi que ninguém lê.

14 de abril de 2013

Verdade interior

À medida que nos tornamos menos arrogantes, começamos a nos abrir para o imponderável, o abstrato, o esotérico e demais manifestações que não costumam ter firma reconhecida em cartório. Eu mesma, outrora tão cabeça-dura, me percebo mais tolerante com o que não enxergo. Não passei a acreditar em duendes, mas confio em anjos urbanos e respeito astrologia, I Ching, positivismo. Cada um se apega àquilo que possa ajudá-lo a melhorar como pessoa e a ter uma vida mais plena. Minha escada, que antes era feita de ideias concretas, passou a ter também alguns degraus variáveis, irresolutos, oscilantes – não sei como descrever, tampouco as palavras me chegam sólidas ao tratar desse assunto.

No momento, meu foco está na força da nossa verdade interior, no quanto a gente pode extrair efeitos visíveis daquilo que ainda nos é invisível. Muitos consideram isso uma balela, e estão no seu direito, mas não custa refletirmos sobre essa questão, já que está se falando de algo que não faz mal a ninguém: acreditar na potência da própria vontade.

Parece simples, mas poucos sabem o que desejam de fato. Deixamos as palavras saírem pela boca sem pensar muito no que estamos dizendo, e às vezes somos ainda mais esquisitos: afirmamos ter um sonho e fazemos justamente o oposto para alcançá-lo, num ritual de autoboicote que só muitas sessões de análise ajudariam a interromper – em terapia também acredito.

Existe uma frase tão surrada que já nem sei direito quem é o autor verdadeiro, mas ela diz, basicamente, que é melhor prestarmos bem atenção no que desejamos, pois poderemos vir a ser atendidos. Ou seja: é preciso estar muito, mas muito comprometido com seu real desejo, para o tiro não sair pela culatra. Anda dizendo por aí que precisa de solidão? Cuidado. Está querendo mesmo mudar de vida? Hum. Vá que lhe ouçam.

Acredite: ouvem-nos. Existe algo chamado empatia espiritual. Ela faz com que nossos desejos mais sinceros e puros ecoem junto àqueles que possuem o mesmo desejo, e através dessa conexão consigamos formatar concretamente um novo caminho em nossas vidas (as tais coisas invisíveis tornando-se visíveis). A ideia de almas gêmeas talvez passe pelo mesmo conceito, ainda que esta expressão traga um romantismo ultraidealizado. Porém, estando abertos para transmitir e receber energia, facilitamos sim o encontro com pessoas afins, sintonizadas com nosso espírito e que estão em busca do mesmo que nós. Obviamente, não funciona para curas milagrosas e prêmios de loteria.

Ok, ok, dei uma bela viajada e só tenho a lhe agradecer: você foi muito paciente em me acompanhar até aqui. É provável que tenhamos essa empatia espiritual que faz com escutemos um ao outro sem nunca termos nos visto. Como saber? Tocando a vida e acreditando. Qualquer hora a gente se encontra.

28 de abril de 2013

O SABOR DA VIDA

Dois anos atrás tive o prazer de ser entrevistada pelo chef Claude Troisgros, e lembro de que o encontro foi divertido e ao mesmo tempo inusitado pra mim, já que minha relação com as caçarolas sempre foi de intimidade zero. Pois agora recebi o convite da Neka Menna Barreto para uma entrevista para a tevê que também ocorreria durante o preparativo de alguns quitutes. Minha intimidade com as caçarolas segue a mesma, porém sou amiga da família da Neka há muitos anos, todos gaúchos. Só que meu contato com ela, por ser moradora de São Paulo, era mais restrito. Finalmente, equalizamos essa distância da melhor forma possível: com um bom papo na cozinha.

Quanto mais me aproximo desse universo que desconheço, mais me dou conta do quanto perco por não saber cozinhar. Conversando com a Neka, percebi a filosofia envolvida no processo – ao menos no processo dela, que usa sua colher de pau como uma espécie de varinha de condão, transformando em mágica cada receita aparentemente prosaica.

Neka é uma chef que escolheu a vida como principal ingrediente – não a industrializada, mas a vida em sua origem, em sua raiz. Seu talento está não apenas na criteriosa escolha dos ingredientes, mas na maneira de pensar sobre o que está fazendo e de explorar todas as sensações envolvidas. Ela perfuma a cozinha com infusões de hortelã, "acorda" as sementes, encontra conexões entre rusticidade e sabor – de tudo Neka extrai um conceito. Cada alimento traz em si um benefício para a memória, para o humor, para a concentração. Ralar uma noz moscada nos ensina a reconhecer limites. Triturar um bastão de canela fortalece os bíceps. Dissecar uma vagem seca de baunilha desperta a sensualidade – se você tem acesso à Neka, peça para ela contar os efeitos de esconder um galhinho de baunilha dentro do sutiã. Segundo ela, a mulher para instantaneamente de falar sobre si mesma e, silenciosa, passa a ser quem é. Viajandona? Pode ser, mas descobri com ela que o tempero que faz viajar é outro.

Para quem só se interessa pelo concreto da vida, nada disso faz o menor sentido, porém é justamente sobre sentidos que se está falando aqui. Do amor que há em manusear tâmaras e nozes picadas, da energia que as ervas emanam, da estupidez de se consumir um prato megacalórico e depois passar uma tarde inteira digerindo-o. "Gastamos muito tempo com digestão, quando poderíamos estar caminhando mais, dançando, flanando, vivendo até os 100 anos com leveza".

Neka é uma alquimista de personalidade única. Tudo nela é inspirador, desde seus turbantes coloridos até seus pontos de vista. "Estamos nos acostumando com soluções instantâneas, enviando e-mails que chegam em Tóquio em um segundo, comprando comida pronta. Ninguém mais prepara, ninguém mais espera. Se vejo alguém muito agitado, correndo atrás do relógio, recomendo: cozinhe e recupere a noção do tempo real".

Não bastasse a delícia de suas criações gastronômicas, a querida Nekinha também é craque em dar receitas para nossas almas desnutridas.

28 de abril de 2013

O CRIME QUE EU COMETERIA

Durante minhas aulas particulares de inglês, a professora de vez em quando usa um baralho especial para estimular a conversação, o *Conversation Starter*. Cada carta traz uma pergunta inusitada, algo para estimular uma resposta que obrigue o aluno a buscar um vocabulário que normalmente não usa. Na última aula, usamos o baralho e caiu para mim o seguinte: qual o crime que você cometeria, caso tivesse certeza absoluta que jamais seria pego?

Como tudo não passa de uma brincadeira, minha professora disse que há quem mate a sogra e relate o assassinato em minúcias. Esses alunos inspirados rendem aulas mais produtivas e divertidas do que os certinhos que respondem: "*None*". Pô, crime nenhum? Como é que vai desenvolver o vocabulário com essa honestidade toda?

Eu não inventei um crime estapafúrdio para divertir a professora, mas tampouco fiz o papel de lady tomada pela virtude. Pensei, pensei e respondi que sonegaria imposto. Não daria um tostão para o governo. Não enquanto os benefícios em troca fossem essa vergonha nacional.

Todos os meses, assim como você, pago uma fortuna aos cofres públicos. E pago também previdência privada, seguro saúde, seguro do carro, escola particular para os filhos e um condomínio alto por mês por causa das grades, da guarita blindada, do vigia 24 horas. Para onde vai o dinheiro que deveria custear nossa segurança e bem-estar? Para o bolso de algum empreiteiro, para o bolso de algum político, para a conta particular de alguma Rosemary. Recentemente conversei com um estrangeiro que está no Brasil fazendo parte de uma comitiva ligada à gestão da Copa do Mundo: confirmou que a roubalheira é a coisa mais escandalosa que já testemunhou. Não sou contra a Copa aqui no Brasil porque sei que esse dinheiro não está sendo desviado da saúde e da educação. É um dinheiro que surge milagrosamente sempre que há um megaevento de visibilidade mundial. Não houvesse Copa no Brasil (como não houve em 2010, 2006, 2002...), o dinheiro continuaria parado no bolso de alguns, como sempre ficou. Ao menos com Copa, algumas obras estão sendo feitas, menos mal.

De qualquer forma, é um fiasco. Com a dinheirama que se arrecada cada vez que abastecemos o carro, cada vez que compramos feijão, cada vez que ligamos o abajur, e mais ainda com o que tiram do nosso salário, jamais deveríamos ver doentes sendo recusados em portas de hospitais, nunca um aluno poderia estudar sem material e merenda, e era para ter um policial em cada esquina.

Sempre me dei bem com minhas sogras, estão todas a salvo da minha sanha assassina. E nunca sonegueei imposto, pois cumpro as leis, mas está na hora de o país retribuir à altura e parar, ele sim, de sonegar dignidade ao povo, até porque a tal "certeza absoluta de não ser pego" começa, lentamente, a deixar de ser tão absoluta. Ora, malha fina para eles também.

01 de maio de 2013

A MESA DA COZINHA

A mesa da cozinha é o local sagrado das conversas durante a madrugada, quando os irmãos chegam da balada com fissura por um gole de Coca-Cola e com histórias saindo pela boca: com quem ficaram ou não ficaram, o trajeto que fizeram para driblar a blitz, o preço da cerveja, e aí as amenidades evoluem para a filosofia, a necessidade de extrair da vida uma essência, a tentativa de escapar da insignificância, até que o dia começa a clarear e o cansaço avisa que é hora de ir para a cama.

Para alguns casais, a mesa da cozinha já serviu de cama, aliás.

A mesa da cozinha ouviu confissões de amigas que juraram guardar segredo, mas não conseguiram. O amante, a traição, a culpa, o nunca mais. A mesa escuta e não espalha, reconhece a inocência das fraquezas alheias e se sente honrada por ser confidente de tantas vidas.

A mesa da cozinha escutou o que os convidados não comentaram na sala, viu estranhos abrirem a geladeira atrás de algo mais substancial que canapés, suportou o peso de quem resolveu sentar sobre ela para fumar um cigarro antes de voltar para o burburinho da festa.

A mesa da cozinha já foi cenário de toda espécie de solidão.

Mas também de encontros. Viu o casal de namorados preparar, sem receita, seu primeiro salmão ao molho de manga, viu o menino nervoso abrir sua primeira garrafa de vinho para uma menina não menos nervosa, viu um beijo secreto entre primos cuja família comemorava o Natal em torno da árvore, viu o marido se declarar para a esposa viciada em grifes ao surpreendê-la com um simples avental amarrado em torno da cintura.

A mesa da cozinha viu a mãe esquentar a primeira mamadeira às três da manhã, com cara de sono e felicidade. E o pai da criança, a caminho da área de serviço, segurando uma fralda suja com expressão de nojo, mas também de orgulho.

A mesa da cozinha viu a funcionária sentar no banquinho e, durante uma trégua entre um suflê e um pavê exigido pela patroa, acariciar sua primeira carteira de trabalho.

A mesa da cozinha viu o cachorro xeretar a lata de lixo e o gato lamber os restos que sobraram na louça do jantar.

A mesa da cozinha viu a dona da casa tentar escrever um diário, coisas que ela sente e que não tem com quem dividir, a não ser com a luz amarelada do abajur.

A mesa da cozinha testemunhou lágrimas que foram secadas com o pano de prato. A mesa da cozinha possui manchas que contam histórias. A mesa da cozinha tem um pé frouxo que ninguém se lembra de aparafusar. A mesa da cozinha já amparou carteados, velas acesas em dia de temporal, cinzeiros abarrotados, a roupa passada e dobrada antes de ir para as gavetas.

A mesa da cozinha viu tudo.

26 de maio de 2013

O AMOR MAIS QUE ROMÂNTICO

Quando era criança, assistia a filmes e novelas românticas e pensava: será que um dia escutarei "eu te amo" de alguém? É bem verdade que ouvia todo dia da minha mãe, mas não era do mesmo jeito que o Francisco Cuoco dizia para a Regina Duarte. Eu sonhava com o "te amo" apaixonado, dito por um homem lindo, e com a voz um pouco trêmula, para deixar sua emoção bem evidente. Será que era invenção do cinema e da tevê, ou essas coisas poderiam acontecer mesmo?

Passou o tempo. Cresci, ouvi e retribuí. Clichê? Que seja, mas não há quem não se emocione ao escutar e ao dizer, ao menos nas primeiras vezes, em pleno encantamento da relação, quando a declaração ainda é fresca, pungente, verdadeira, a confirmação de algo estupendo que se está experimentando, um sentimento por fim alcançado e que se almeja eterno. Depois ele entra no circuito automático, vira aquele "te amo" dito nos finais dos telefonemas, como se fosse um "câmbio, desligo".

O tempo seguiu passando, e me encontro aqui, agora, descobrindo que há outro tipo de "te amo" a ser escutado e falado, diferente dos que acontecem entre pais e filhos e entre amantes. É quando o "te amo" não é dito a fim de firmar um compromisso, para manter alguém a par das nossas intenções ou experimentar uma cena de novela. Ele vem desvinculado de qualquer mensagem nas entrelinhas, não possui nenhum caráter de amarração e tampouco expectativa de ouvir de volta um "eu também". É singular. Estou falando do amor declarado não só quando amamos com romantismo, mas também de outra forma.

Explico: tenho dito "te amo" para amigas e amigos, e escutado deles também. Uma declaração bissexual e polígama, que resgata esse sentimento das garras da adequação. Volta a ser o amor primitivo, verdadeiro, sem nenhuma simbologia, puro afeto real. Amor por pessoas que não conheci ontem num bar, e sim por quem já tenho uma história de vida compartilhada. Amor manifestado espontaneamente àqueles que não me exigem explicações, que apoiam minhas maluquices, que fazem piada dos meus defeitos, que já tiveram acesso ao meu raio X emocional e sabem exatamente o que levo dentro – e eu, da mesma forma, tudo igual em relação a eles. Mais do que nos amamos – nos sabemos.

É um "te amo" que cabe ser dito inclusive aos ex-amores, ao menos aos que nos marcaram profundamente, aos que nos auxiliaram na composição do que nos tornamos, e que mesmo nos tendo feito sofrer, foram fundamentais na caminhada rumo ao que somos hoje. E indo perigosamente mais longe: esse ex-amor pode ainda ser seu marido ou sua mulher, mesmo já não fazendo seu coração saltar da boca. Pelo trajeto percorrido, e por ter alcançado o posto de um amigo mais que especial, merece uma declaração igualmente comovida.

É quando o "eu te amo" deixa de ser sedução para virar celebração.

12 de junho de 2013

O Michelangelo de cada um

Escultura não era algo que me chamava atenção na adolescência, até que um dia tomei conhecimento da célebre resposta que Michelangelo deu a alguém que lhe perguntou como fazia para criar obras tão sublimes como, por exemplo, o Davi. "É simples, basta pegar o martelo e o cinzel e tirar do mármore tudo o que não interessa". E dessa forma genial ele explicou que escultura é a arte de retirar excessos até que libertemos o que dentro se esconde.

A partir daí, comecei a dar um valor extraordinário às esculturas, a enxergá-las como o resultado de um trabalho minucioso de libertação. Toda escultura nasceu de uma matéria bruta, até ter sua essência revelada.

Uma coisa puxa a outra: o que é um ser humano, senão matéria bruta a ser esculpida? Passamos a vida tentando nos livrar dos excessos que escondem o que temos de mais belo. Fico me perguntando quem seria nosso escultor. Uma turma vai reivindicar que é Deus, mas por mais que Ele ande com a reputação em alta, discordo. Tampouco creio que seja pai e mãe, apesar da bela mãozinha que eles dão ao escultor principal: o tempo, claro. Não sou a primeira a declarar isso, mas faço coro.

Pai e mãe começam o trabalho, mas é o tempo que nos esculpe, e ele não tem pressa alguma em terminar o serviço, até porque sabe que todo ser humano é uma obra inacabada. Se Michelangelo levou três anos para terminar o Davi que hoje está exposto em Florença, levamos décadas até chegarmos a um rascunho bem-acabado de nós mesmos, que é o máximo que podemos almejar.

Quando jovens, temos a arrogância de achar que sabemos muito, e, no entanto, é justamente esse "muito" que precisa ser desbastado pelo tempo até que se chegue no cerne, na parte mais central da nossa identidade, naquilo que fundamentalmente nos caracteriza. Amadurecer é passar por esse refinamento, deixando para trás o que for gordura, o que for pastoso, o que for desnecessário, tudo aquilo que pesa e aprisiona, a matéria inútil que impede a visão do essencial, que camufla a nossa verdade. O que o tempo garimpa em nós? O verdadeiro sentido da nossa vida.

Michelangelo deixou algumas obras aparentemente inconclusas porque sabia que não há um fim para a arte de esculpir, porém em algum momento é preciso dar o trabalho como encerrado. O tempo, escultor de todos nós, age da mesma forma: de uma hora para a outra, dá seu trabalho por encerrado. Mas enquanto ele ainda está a nosso serviço, que o ajudemos na tarefa de deixar de lado os nossos excessos de vaidade, de narcisismo, de futilidade. Que finalmente possamos expor o que há de mais precioso em você, em mim, em qualquer pessoa: nosso afeto e generosidade. Essa é a obra-prima de cada um, extraída em meio ao entulho que nos cerca.

16 de junho de 2013

IMPRESSÃO:

PALLOTTI
GRÁFICA

Santa Maria - RS | Fone: (55) 3220.4500
www.graficapallotti.com.br